河南省新华书店发行集团有限公司总发行

外国历史故事

39个开阔视野的美丽瞬间

“青少年成长必读经典书系”编委会 主编

河南科学技术出版社
·郑州·

图书在版编目(CIP)数据

外国历史故事/“青少年成长必读经典书系”编委会主编.—郑州：河南科学技术出版社，2013.10(2019.1重印)

(青少年成长必读经典书系)

ISBN 978-7-5349-6416-9

Ⅰ.①外… Ⅱ.①青… Ⅲ.①历史故事-作品集-世界 Ⅳ.①I14

中国版本图书馆CIP数据核字(2013)第157269号

出版发行:河南科学技术出版社

地址:郑州市金水东路39号　　邮编:450016

电话:(0371)65788890　　65788630

网址:www.hnstp.cn

策划编辑:孙　珺

责任编辑:孙春会

责任校对:王　雨

封面设计:张　超

版式设计:中图传媒

责任印制:张　巍

印　　刷:郑州龙洋印务有限公司

经　　销:全国新华书店

开　　本:787 mm×1092 mm　1/16　　印张:8.75　　字数:119千字

版　　次:2013年10月第1版　　2019年1月第2次印刷

定　　价:14.50元

总　序

经典的乐园

书籍是人类文明的伟大标志，古今中外，在书籍的哺育下，人们创造出了灿烂的精神文化。那一部部经典著作，是人类文明长河中一粒粒耀眼的明珠。

“青少年成长必读经典书系”将这些明珠拾缀在一起，是整个人类智慧的结晶，凝聚了前人对社会、时代的洞见，对人生的观察思考，具有深刻的思想内涵和艺术魅力。这套书无疑是献给青少年朋友的最好礼物。

高尔基说过，书籍是人类进步的阶梯。每一次阅读，都像一次新的探索，都能增添独特的滋味和意义。当你翻开一本本书，便好似步入了一个个崭新的世界。有时候，你会进入芬芳的花园，享受恬静与美好；有时候，你会走入冒险世界，进行奇妙的探险；有时候，你会开始沉思，思考自己从哪里来，将到哪里去……世界名著的辉煌殿堂对每一位有志的青少年敞开着大门，这座殿堂是最迷人的乐园，你每走出一小步，都会看到不一样的风景，收获奇异的果实。今天，你在希腊观赏蓝天白云下奥林匹斯山众神与人们的生活；明天，你又在中国随着孔子周游列国，感知儒家学说的教诲；你既可以上天揽月，也可以在两万里的海底自在地航行；你会看到丑恶的人性，也会感知最

总　序

善的温情，这个世界任由你遨游。

这就是伟大的经典，属于每一个阅读者的乐园，永远放射着异彩，永远以历久弥新的魅力吸引着你。一切民族和时代的精神都聚集其中，都等待着新的召唤和复苏。这个召唤来自于你，年轻的阅读者，当你的心灵与它共鸣，便能产生新的智慧与力量。

当你看到经典名著的繁多的书目时，不必为难，不必对着它浩若烟海的知识兴叹，可从你喜欢的出发，慢慢走进这个世界。阅读，并不在于数量，而在于从中受到启发，收获思考。

牛顿说：“如果说我比别人看得更远些,那是因为我站在了巨人的肩上。”阅读“青少年成长必读经典书系”，会让你站在巨人们搭建的高梯之上，不断攀登，看得更远！

国家教育部中小学继续教育教材评审专家
中国教育学会中学语文教学专业委员会秘书长　张蕾

目录

目录

取火不求神

很多人认为火的发明揭开了人类的历史。从最开始对火的惧怕到崇拜到使用，人类一步一步向前发展。关于火的传说东西方皆有，可见人们对火的重视。火广泛应用于取暖、照明、烧烤食物等日常生活中，同时工业、军事上也大量使用。

最初，原始社会的人类好像野兽一样，一群群地住在深深的洞穴中。他们采集植物的根茎和野果子，捕捉小动物，靠生吃这些东西过日子。那时候，原始人和大自然斗争的本领还很小，他们常常挨饿，还要躲避猛兽的伤害。实在弄不到食物的时候，甚至还会发生人吃人的事情。原始人并不甘心过这样的苦日子，他们认识着周围的世界，增强自己改造自然的本领。生活也在改善着，不过实在慢得很，几千年、几万年也看不出什么大的变化。

这是原始社会的真实写照。

从中可见火在人类发展中的作用。

可是，自从原始人发现了火，又学会使用火以后，他们生活的面貌就改变得比较快了。火对人类的发展起了很大的作用，这一点从许多古老的传说中也能看出来。中国古代流传着燧人氏钻木取火教人熟食的故事。希腊神话中也有一个给人类带来光明的神，他叫普罗米修斯。

传说，是普罗米修斯从主神宙斯那里盗取了天火，送给人类以后，人类才学会了用火。普罗米修斯却因此触怒了宙斯。宙斯吩咐威力神和暴力神，用铁链把他牢牢地锁在高加索的悬崖绝壁上。每天派一只鹫鹰去啄食他的肝脏。可是，肝脏无论被吃掉多少，马上又长了出来。普罗米修斯忍受着无休止的痛苦，始终不肯屈服。后来，力大无比的英雄海格立斯射死了鹫鹰，才把他解救出来。

鹫(jiù)：也叫雕(diāo)，猛禽，嘴呈钩状，视力很强，腿部有羽毛。

这是一个神话。火当然不是普罗米修斯从天上偷下来的。自然界本来就存在着火。但是，在一百多万年以前，火还是一种使人类祖先感到害怕的自然现象。普罗米修斯为人类取火的神话，反映了古代人对于认识和掌握火的渴望，表现了他们对英雄无私无畏精神的崇敬。

人类是在和大自然的长期斗争中，学会使用火的。

余烬(yújìn)：燃烧后剩下的灰和没烧尽的东西。

人是怎么发现、利用火的？

起初，原始人吃够了火的苦头。大火烧毁了他们生活的森林，害得他们四处奔逃。有不少人甚至葬身火海。但是，坏事也能变成好事。一场大火过后，原始人找到许多烧死的野兽。他们毫不费力地填饱了肚子，还有了一个重大发现：烤熟的肉比生肉好吃得多。火的余烬使人感到暖烘烘的，大家都舍不得离开它。火能取暖，这是人们对火的又一个认识。这样，年纪大的人试着把火种引进山洞。他们慢慢懂得，把火种放到枯枝败叶上，会燃起更大的火。丢进去的柴越多，火烧得越旺。火堆使阴冷的洞穴又暖又亮。更使原始人惊喜的是，有了火，和人类抢洞穴的野兽也不敢闯进来了。

人类就这样逐渐学会了用火取暖、照明、烧烤食物和驱赶野兽。世界上最早使用火的人，是生活在大约 170 万年前的中国元谋猿人。1965 年，几位年轻的地质工作者在云南省北部元谋县，发现了这种猿人的化石和他们烧剩下的大量的炭屑。原始人在使用火的时候，也逐渐学会了保存火种。50 万年前的北京猿人已经具有管理火和保存火种的能力。

燧(suì)石：古代取火的工具。

人类制造火，大约是从旧石器时代中期开始的。在打制石器的时候，石头相互撞击，经常会发出火花。一次、二次、千百次，也没有引起人们的注意。偶然，有人用黄铁矿或赤铁矿打击燧石，迸出的火花落在干燥的树叶堆上竟然点着了它。人们受到了启发，找来同样的石块，一次又一次地试验，终于学会了用撞击法取火。到了旧石器时代的末期，人们又发现了摩擦取火，用两块木头相互摩擦，发出火来。这就使火的使用更加方便和广泛了。人类在征服自然的过程中，把神话变成了现实，他们不必再像普罗米修斯那样历尽艰辛、舍身盗火了。

火的制造是一个伟大的发明，恩格斯把这看做是“人类历史的开端”。

仔细体会恩格斯的评价。

有了火，就能经常吃到熟食，这不但增强了人类的体质，促进了人脑的发达，而且扩大了人类食物的来源。许多豆类，生吃有毒，熟食对人体有益。生鱼很难下咽，用火烧熟就变成美味的食品。

火的使用帮助人们更密切地合作。原始人成群结队外出打猎，有时候会遇见非常凶猛或数量很多的野兽，一群人很难对付。火就成为一种求援的信号。火光、浓烟把更多的人召唤来参加围猎。这种用火作信号的联络办法，人类曾经长期采用。中国古代，在万里长城上修筑了烽火台，每座相隔一定距离。发现敌人入侵，一座台燃起火把，邻近的一些台上也跟着立即举火报警。这样，就可以很快告诉全线士兵做好准备。直到现在，人们在遇到危难的时候，还常常用火作为一种报警、求救的方法。

火广泛运用于生活的各个方面。

最重要的是：有了火，金属的发现和冶炼成为可能了。人类最先学会了炼铜，用铜制造工具。后来，人们无意中把铜矿和锡矿一块儿冶炼，得到了一种更坚硬的合金，这就是青铜。在发现金属铁以前，青铜成了人类用来做工具和武器的最好材料。人们广泛使用青铜的时期，叫做青铜器时代。

冶炼(yěliàn)：用熔炼、电解等方法把矿石中所需要的金属提炼出来。

铜矿、锡矿比较稀少，所以青铜器也不能大量制造。铁矿差不多到处都有，可是冶炼它需要很高的温度。所以人们先发明了炼铜，然后才学会了炼铁。

学会制造青铜器和铁器以后，人类征服自然的能力大大提高，和石器时代根本不能相比了。特别是铁器的使用，很快改变了人类生产的面貌，推进了古代社会的进步。所以恩格斯把古代民族所经历的铁器时代称为“英雄时代”。

想一想为什么会有这么高的评价呢？

由石器时代过渡到青铜器和铁器时代，火的发明和使用是关键。从这里我们可以体会到，火的发明对人类的发展有着多么大的功劳啊！

『尼罗河的礼物』

发源于尼罗河流域的文明古国埃及为世人留下了许多叹为观止的艺术成果。金字塔、狮身人面像，一座座宏伟的建筑向人们展示着古埃及人的聪明和智慧。

为什么会有这样的评价？

“埃及是尼罗河的礼物”，这是古希腊著名历史学家希罗多德的一句名言。事实也正是这样。没有尼罗河，就没有埃及这个文明古国。

埃及是世界上最古老的国家之一。6000 多年以前，这块土地上就出现了许多小的奴隶制国家。大约在公元前 3000 年，埃及建立了统一的奴隶制王国，首都是位于尼罗河三角洲顶端的孟斐斯城。

避讳(bìhuì)：不愿说出或听到某些会引起不愉快的字眼儿。

古代埃及的国王有避讳的习惯，不许叫他的名字，一般尊称为“法老”。“法老”原来的意思是“大的房屋”。第一个“法老”名叫美尼斯。

考古学家们大都是通过对陵墓的研究和考证，来了解古代埃及的历史和文化的。古埃及最初几个王朝的历史情况，因为缺乏文字记载的材料，很长时间没人知道。后来，经过在尼罗河畔的阿比多斯的发掘，考古学家们发现了埃及第一、二王朝许多国王的陵墓。墓顶稍稍高出地面，墓室在地下 10 米到 17 米的深处。墓内有许多装酒的大瓶，瓶口用尼罗河的泥土和稻草密封，上面盖有国王的印记。这些印记就成了辨明陵墓主人的重要根据。在一个叫泽尔的王陵中，发现了一只手臂骨，上面戴着四只美丽的臂镯。这是当时皇宫里宫女们的装饰品。从这点可以知道，埃及成为统一王国的最初 200 年，已经用宫女，也就是用奴隶来为国

发掘(fājué)：挖掘埋藏在地下的东西。

镯(zhuó)：镯子。

王殉葬，这是埃及进入奴隶社会的证据。

大约从公元前 27 世纪起，“法老”们开始为自己营造巨大的陵墓。这是一种高大的方锥形建筑物，底座四方形，每个侧面是三角形的，样子就像汉字的“金”字，所以我们叫它“金字塔”。在英文里叫它“锥形体”。

现在离埃及首都开罗 10 多公里的地方，还有 70 多座古代修建的金字塔。它们都在尼罗河西岸。据说古埃及人认为日落于西，人死也归西，所以金字塔都建在西岸。

最大的金字塔，是公元前 27 世纪（那时候，中国还没有进入奴隶社会）第四王朝法老胡夫为自己修建的。塔底占地约 52900 平方米，差不多有五个足球场那么大。原来塔高 146.5 米。由于几千年来的风吹雨淋，以及地面沙石堆积，现在已经不到 140 米了。塔底每边原长 230 多米，现在也各短了 10 米。绕塔一周，大约有一公里。塔内有甬道、石阶、墓室组成的“地下宫殿”。

金字塔的意义，绝不限于它的雄伟壮观，它是古埃及文化的象征。

胡夫金字塔大约是用 230 万块巨石垒起来的，每块平均重两吨半，最大的有 160 吨。这些巨石从尼罗河东岸的都拉采来，横渡尼罗河，再运到西岸的齐泽，然后沿着斜坡拖到高出河面 100 多米的修塔处。在古埃及，不要说起重机、载重汽车，就连马和马车也没有，所有的劳动几乎全靠人力。这么沉重巨大的岩石是怎样翻山过河和堆砌成塔的，直到今天仍然是一个没有人能给出完满答案的难题。人们怎么能不佩服埃及人民的伟大力量和智慧！

金字塔和地下墓室所用的石块虽然都十分坚硬，能工巧匠还是把它们劈凿琢磨成各种形状，而且使石块之间结合得十分紧密，甚至连锋利的刀刃也插不进去，这显示了古埃及人劈山开石的高超本领。

金字塔塔底四边长度的平均误差只有两厘米，四个直角的误

殉葬（xùnzàng）：古代的一种风俗，逼迫死者的妻妾、奴隶等随同埋葬，也指用俑和财物、器具随葬。

人的力量真的太伟大了！

琢磨（zhuómó）：雕刻和打磨玉石。

试述金字塔这一世界奇观。

差也只有0.12度。这表明，古埃及的几何学和测量技术已经达到很高水平，能够精确地测量和计算长方形、三角形、梯形和圆的面积。

研究金字塔使我们对古埃及的文明有了进一步的了解。

更令人惊叹的是放置在“地下宫殿”里经过防腐处理的法老尸体——木乃伊。在古埃及，不仅法老、贵族的尸体要做成木乃伊，一般平民也有这个习俗。考古学家估计，从第一王朝到第三十一王朝大约2800年中，埋葬在埃及河谷地带的木乃伊就有两亿具以上。古埃及人认为，人死后只有把尸体保存好，不让它腐烂，灵魂才能进入天国。

木乃伊的制作、保存堪称一绝。

法老的木乃伊制作得非常精致。制成一具，需要70天。尸体的内脏掏空以后填上香料，整个躯体也涂上香料，然后用麻布紧裹，放在用名贵的防腐木材制作的棺木中。穷人制木乃伊，只能用盐水浸泡以后吹干。在古埃及，不仅人的尸体要制成木乃伊，被人当做神崇拜的牛，死后也要制成木乃伊，葬在石墓中。

由于古埃及人保存尸体的技术高超，使得几千年后的人们还能看到古代帝王的容貌。1881年，在尼罗河畔德布斯的一个秘密的悬崖石室中，发现了从公元前1567年到公元前945年的第十八、十九、二十和二十一王朝的几乎全部法老的木乃伊，加上他们的王后、太子，共有40个。这些王朝已经没有财力兴建以前那样的金字塔了。然而，法老的木乃伊还是制作得非常精良。其中一位是公元前1304年即位的拉美西斯二世。从木乃伊可以看出，他是一个身材魁梧的人。

魁梧（kuíwú）：（身体）健壮高大。

木乃伊的制作，使埃及人积累了相当丰富的解剖学知识。在那时候，世界上其他地方的人们对解剖学几乎还一无所知。

解剖：为了研究人体或动植物体各器官的组织构造，用特制的刀、剪把人体或动植物体剖开。

在胡夫的儿子哈夫拉的金字塔旁边，还有一座巨大的狮身人面石雕。这个巨像高20米，长57米，一只耳朵就有两米长，是用一整块石头雕刻成的。它存在了大约4600多年，很长时期却被埋没在沙石里，直到1926年才被法国人挖掘出来。据说，巨像的人面是按照哈夫拉的容貌雕刻的，它是法老威严的象征。

从金字塔到狮身人面像，这些巍峨壮观的建筑物，座座都是古埃及奴隶和农民用他们的血泪和白骨建成的。据古希腊史学家罗多德说，胡夫为了修建金字塔，以三个月为一期，每期驱赶十万人做工，一共用了 30 多年才修成。不知有多少人在烈日和皮鞭之下，由于过度劳累而丧失了生命。所以说，金字塔又是奴隶主残酷地剥削压迫奴隶的见证。

巍峨（wēié）：形容山或建筑物的高大雄伟。

埃及的金字塔、狮身人面像，包括巨大的神庙，所有这些古代文物，是应该作为全人类的宝贵遗产妥善加以保存的。但是，据 1979 年来自埃及的消息说，胡夫金字塔由于几千年来风雨的侵蚀，成千上万游客的敲敲推推和爬上爬下，塔身侧面的有些石块已开始松动脱落。狮身人面这座巨像，经过几千年的风化，也已快要崩塌。人面上的鼻子已经塌掉，伸出来的爪子，被沙石埋没了很多。因为巨像的颈部受到的损害已十分严重，脑袋也有掉落的危险。

侵蚀（qīnshí）：逐渐侵害使变坏。

很多宝贵的文物都面临这样的问题，让人非常痛心。

热爱自己民族历史的埃及政府和人民一定会重视这种情况，采取措施保护这些宝贵文物的。

第一次环航非洲

人类自古就有探险、认识外界事物的美好愿望，更可贵的是他们能将其付诸实践。于是才有了第一次大规模的环航非洲，才有了许多新的认识、发现。

早在公元前 2000 多年，地中海东岸住着许多腓尼基人，他们以善于航海闻名于世。

对于“权威”的说法更要有怀疑精神。

当时欧洲人曾经传说，大西洋就是世界的尽头，没有人能够越过直布罗陀海峡。但是，腓尼基的航海家们却胜利地冲出了地中海，沿着大西洋，北达英吉利，南至西非洲。直布罗陀海峡的两个尖尖的坐标，从此就被用腓尼基的神来命名，称它为“美尔卡尔塔”。

说起腓尼基人，还有一段有趣的故事。

绛（jiàng）：深红色。

了解腓尼基人的命名原因。

“腓尼基”是绛红色的意思。当时埃及、巴比伦、赫梯以及希腊的贵族和僧侣，都喜欢穿绛红色的袍子。可是，这种颜色很容易退去，只有腓尼基出产的布才不会退色，即使衣服穿破了，色彩照样很是鲜艳。所以，大家把地中海东岸的这些居民叫做腓尼基人。

腓尼基人是怎样取得这种绛红颜料的呢？

据说，有个住在地中海东岸的牧人，养着一条猎狗。一天，猎狗从海里衔了一个贝壳回来。它使劲地一咬，顿时嘴里和鼻上都溅满了鲜红的汁水。牧人以为狗的嘴巴咬破了，就用清水给它洗伤。可是洗后狗脸仍然一片鲜红。“难道是贝壳里有红色的颜料？”牧人自忖着。于是他拿起贝壳仔细观察，果然发现有两块鲜红的颜色。从此，那里的人争着到海里去摸这种贝壳，用来做

自忖（zìcǔn）：自己揣度(chuǎi duó)，猜测。

成鲜红色的颜料。后来，这种绛红布畅销地中海沿岸许多国家，成为腓尼基人的大宗收入。腓尼基人也渐渐弃农经商，足迹行遍地中海南北各个海港。

公元前 7 世纪时，埃及法老尼科把腓尼基最优秀的航海家召集到王宫里来。

“听说你们最善于航海，是吗？”法老问。

腓尼基人相互望了一眼，很有把握地回答：“陛下，您吩咐吧，您要我们航行到哪里，我们就可以到达哪里。”

人只有拥有远大目标、宏伟志向，才能有所成就。

“好大的口气，”法老笑了笑说，“你们能环绕非洲航行吗？”

航海家们又相互望了一眼。这一回他们没有立即回答，因为当时他们只去过地中海和红海附近的非洲沿岸，而对于整个非洲大陆，是一无所知的。

法老紧接着又说：“你们从红海出发，环绕非洲航行，要一次也不向后转，而且海岸始终要在右边，最终绕过直布罗陀海峡，进入地中海，回到埃及。如果你们能够做到，我一定重赏！”

这是当时世界上还没有开辟过的航道，要冒极大的危险。是勇敢地接受这个任务呢，还是胆怯地推辞？经过一番考虑以后，腓尼基的航海家们毅然回答法老：“陛下，我们愿意试试！”

遇到同样的事，你会怎么选择呢？

胆怯（dǎnqiè）：胆小；畏缩。

尼科法老的脸色顿时严肃起来：“要是你们贪生怕死，中途返回，那我要严厉地惩办你们！”

好胜的腓尼基航海家坚定地回答：“请陛下放心！”

很快，三艘腓尼基航船准备就绪。它们都是双层的划桨船，船头尖尖的，船尾向上翘起。上面一层的船员负责航行的方向，下面一层的船员只管划桨。船身用铅丹和赭石漆成红色，光彩耀目。在装满了环航需要的粮食和沿岸交换的商品后，航船就从埃及的港口起锚出发了。

赭（zhě）：红褐色。

航船行驶了 40 天，到达一个村庄。当地居民个个皮肤黝黑，半裸着身子。他们好客地请航海家们饱餐了一顿。善于经商的腓尼基人在地上摆出了货摊，陈列着各种商品：绛红色的布匹，金银做的杯子，琥珀镶的项圈，锋利的铁匕首……当地居民从来没

黝黑（yǒuhēi）：黑，黑暗。

有见过这么漂亮的东西，争着拿出许多动物来交换。这里有驯熟的猴子，善奔的猎犬，长角的公牛……可是腓尼基人一样也不要，他们只要一种香气扑鼻的树脂——没药。因为他们知道，埃及的僧侣愿意拿出许多金银来换取这种珍贵的药材。

腓尼基人真是精明的商人。

又航行了许多日子，天气越来越热了。船员们很想休息一下，可是找不到可以安全靠岸的地方。原来，那里的居民是他们从来没有见过的人种，皮肤漆黑漆黑，嘴唇很厚很厚，鼻孔又大又向上翘。一个个赤着膊，腰带上挂着一条豹尾巴和一串贝壳。只要一见腓尼基的航船，他们马上抛出许多石子，并在岸上拉开弓箭恫吓，不许腓尼基人上岸。看来，他们对这些从来没有见过的航海家们是非常警惕的。

恫吓(dònghè)：威吓；吓唬(xià hu)。

船队只好继续航行，到了一片无人的沙滩，腓尼基人才上岸休息一会儿。

“这是什么？”一个青年船员指着一堆长长的象牙问道。在象牙旁边，还有几张豹皮。

“噢……对了，”一个年老的航海家拍着脑袋说，“这里的人要和我们交换商品，但又怕我们闯进他们的村子，所以在海滩边摆上了他们的货物。”

“真是好运气！”青年船员们把120只象牙全部搬到舱里。然后，在沙滩上放了一些明亮的串珠、彩色的珐琅容器和青铜做的斧头。

珐琅(fàláng)：用石英、硝石等加上铅、锡的氧化物烧成的物质。

“这次我们发大财了！”当他们离开海岸时笑着说。

航行了12个月之后，忽然发生了一件怪事。

“怎么太阳是从北边照过来的呢？”一个船员惊奇地说。原来，当时北半球的人们从来没有越过赤道，只知道中午前后的太阳是从南边照过来的。现在他们来到了南半球，所以看到这种现象就惊讶不已。

你知道这其中的原因了吗？

又过了几天，航船停在海滩边不走了。航海家们正在商量着。

“船上的粮食已经吃完了，怎么办？”一个船员担心地说。

“看来我们只好在这里种地了。”大家叹息道。

他们不得不上岸打猎，以获取食物；并且在地里种上了大麦和小麦。在炎热的太阳照射下，不到三个月，麦子就成熟了。他们收获了粮食以后，继续向前航行。

这种勇于克服困难的精神值得我们学习。

“好！大地向西转弯了！我们可以回家了！”当海员们到了非洲大陆南端的时候，高兴地跳了起来。

航船开始向北航行。当第二年航行结束的时候，中午前后的太阳光又从南方照来了——他们回到了北半球。

船员们登上了一个小岛，又发现了一件奇事。

“这是什么？”船员们向前望去，原来是一些满身都长毛的“人”。这些“毛人”攀登悬崖像飞一样敏捷。其实，这些都是猩猩，因为当时人们还不知道这种动物，所以把它叫做“毛人”。

为什么船员会看到这么多“奇观”呢？

“抓几个来！”几个善于打猎的腓尼基人拿特长矛奔了过去，可是“毛人”都逃走了。好容易抓到三个，它们一个个嘴大腰粗，浑身长毛，恶狠狠地哇哇大叫，乱抓乱咬。要把它们带回去是不行的，只好将它们打死，把毛皮剥下来带走。

对待“毛人”，腓尼基人似乎过于残忍了。

又航行了好几个月，到了一条大河的口岸。河里满是鳄鱼和河马，但是，河边却有许多村庄。走上岸去一问，原来都是老乡——腓尼基人。他们是从地中海迁移到大西洋沿岸来的。“好了，我们已经到家了！”

世界有待于我们去发现、认识，勇敢走出，才有收获。

再过去就是直布罗陀，他们很快进入了地中海，结束了三年的航程，回到了埃及。

腓尼基航海家们这次环绕非洲的航行，距今已有2600多年，它是人类航海史上的一个伟大创举。

埃及艳后

政治上的权力之争自古已有，人们会采取不同的方法达到自己的目的，埃及艳后这个绝色美女以其特有的方式成就了她自己的事业。

公元前48年，埃及国王托勒密十三世（公元前63—前47年在位）的时候，凯撒为了追杀他的政敌庞培，一举攻入埃及，为了向凯撒讨好，托勒密十三世派人把逃到埃及避难的庞培杀了，并把他的首级献给凯撒。

屯驻（túnzhù）：（军队）驻扎。

凯撒大军屯驻埃及，埃及人都胆战心惊，都把凯撒视若神明。所以，上至国王，下至贵族大臣，每一个人都纷纷给凯撒送礼。

一天夜晚，埃及女王克里奥帕特拉突然要拜见他。按照当时埃及人的习俗，第一次见贵客要送上一条毛毯。不一会儿，就有两位埃及宫使抬入一捆毛毯。令人不解的是，这两位送毛毯的人送完礼物就转身告辞而去。

凯撒早就听说过和托勒密十三世共同执政的女王克里奥帕特拉是一个绝色美女，今天见她送来礼物，自然很高兴，急令人打开那捆毛毯。谁知手下人刚刚打开外面的包装布，就见毛毯自动打开，从里面钻出一个绝色美女来，凯撒一时惊得目瞪口呆。

目瞪口呆（mù dèngkǒudāi）：形容受惊而愣住的样子。

那女人向凯撒抛来一个媚眼，悄声地请求他让下人都退去。凯撒镇定情绪后立即照办。之后，那女人开口说道："本人便是克里奥帕特拉女王。"

凯撒一听更是奇怪，问她为什么这样来见他。

克里奥帕特拉说："说来话长，容我慢慢向你道来。"

于是，凯撒连忙让她坐下，让人摆上香茶美酒，对这位美女殷勤招待。女王也向他敞开了心扉，表明了原委。

克里奥帕特拉本是埃及国王十二世的宝贝女儿。她从小就聪明异常，而且美丽非凡，有绝代佳人的美誉。从小时候起，她就受到良好教育。成人后，掌握了多种语言，每次来的外交使节，她都可以与他们自由交谈。加上她迷人的外貌，使她的艳名远近皆知。

殷勤（yīnqín）：热情而周到。

心扉（xīnfēi）：指人的内心。

克里奥帕特拉还是一个非常有野心的女人。老国王去世后，她受父皇遗命，与同父异母兄长托勒密十三世共同执政。在二人共同执政期间，克里奥帕特拉更喜欢独断专行，结果兄妹二人经常闹矛盾，反目成仇。但托勒密十三世比她的势力强大，一时奈何不得。此次凯撒到了埃及，克里奥帕特拉想机会来了，决定以自己的姿色赢得凯撒的支持，废掉兄长，好让自己单独执政。

埃及娇艳女王主动投入怀抱，凯撒怎能拒绝。于是在凯撒的扶持下，托勒密十三世被废除了，克里奥帕特拉也如愿以偿。从此，她与凯撒打得火热，后来还和他生了一个小孩。

只是按照埃及的风俗，女王不能单独执政。为了对外人有个交代，克里奥帕特拉无奈，只好和另一位异母兄弟托勒密十四世结婚，共同执政，实际上把他当成一个傀儡，过了一段时间，克里奥帕特拉又嫌托勒密十四世妨碍其执政，就迫其喝了毒药，立自己年幼的儿子托勒密十五世为国王。

傀儡（kuǐlěi）：比喻受人操纵的人或组织（多用于政治方面）。

克里奥帕特拉专权期间，埃及社会没有一刻安定。特别是公元前 44 年凯撒遇刺去世以后，政局更加混乱，社会危机越来越严重。为了稳定自己的统治，她又看上了凯撒的部将安东尼，并在公元前 37 年和这位罗马执政官结婚。安东尼抵挡不了这位女王姿色的诱惑，居然自作主张，把叙利亚东部地区、腓尼基沿岸一些城市、塞浦路斯岛以及纳巴特王国等原属罗马的土地赏给了埃及。

安东尼的做法引起罗马人的不满，人们纷纷谴责他的卖国行为。罗马元老院对此召开大会，宣布安东尼为“祖国的叛徒”。

此时，统治罗马的执政官是屋大维，即凯撒的侄孙，他是一位比凯撒更有作为的人。公元前 31 年，他亲率大军，在希腊的西海岸与安东尼和克里奥帕特拉联军决战，一举击败他们，安东尼自杀身亡，克里奥帕特拉狼狈逃回埃及。

接着，屋大维挥军直奔埃及，女王这时不知怎样办才好，于是故技重演，企图再以自己的姿色引诱屋大维。谁知屋大维不上当，女王最后不得不引剑自刎。

自刎（zìwěn）：割颈部自杀。

公元前 30 年，屋大维占领埃及全境，统治埃及 200 多年的托勒密王朝至此也彻底灭亡了，埃及领土也全部并入罗马帝国的版图。

石柱上的法律

自从人类进入阶级社会，便产生了约束人们行为的法律。尽管这些条文不尽合理、不尽完善，但却从中反映了当时社会的生活全貌。汉穆拉比法典的发现让人们看到了当时的社会状态。

1901年，一支有伊朗人参加的法国考古队，在伊朗的苏萨，挖出了一根黑色玄武岩的大石柱。这根石柱已经断成三截，但拼起来还是完整的。石柱高两米半，周长约一米半。它的上方，刻着两个人的浮雕像：一个坐着，右手握着一根短棍；另一个站着，双手打拱，好像在朝拜。石柱的下部，刻着许许多多像钉头或箭头一样的文字。后来经过考证，才知道它不是伊朗的古代文字——波斯文，而是早在五六千年以前由苏美尔人创造，以后为巴比伦人广泛使用的楔形文字。显然，这是古代波斯人征服巴比伦以后，作为战利品，千里迢迢地把这根巨大的石柱带回伊朗的。

浮雕（fúdiāo）：雕塑的一种，在平面上雕出的凸起的形象。

考古学家们又仔细考察了石柱上的文字。原来，它刻的全是法律条文，总共有282条，是公元前18世纪古巴比伦王国国王汉穆拉比颁布的《法典》。浮雕上的那两个人像，坐着的是太阳神沙马什，站着的就是汉穆拉比。这个浮雕，象征着汉穆拉比从太阳神那里接受了司法权力，来统治世上的人民。至于太阳神握着的那根短棍，叫做“权杖”，是统治权力的标志。汉穆拉比是古巴比伦王国最强盛时的一个国王，他统一了两河流域，自称为“宇宙四方之王”。

所有国王都认为自己的权力是天赐的。

现在，当人们读着《法典》条文的时候，就好像来到了3700多年以前的两河流域……

炽热(chìrè)：极热。

在炽热的骄阳照射下，幼发拉底河畔的巴比伦城又闷又热。大地上尘土飞扬，灰尘一团一团地扑向人们的鼻子，使人更加感到干燥，甚至连嘴唇也快要裂开了。但是，人们还是冒着酷暑向前走着，一直来到一座四周种植着椰枣树的大屋子。原来，今天法官要开庭审理案件。

“法官大人，他借了我的钱，至今不肯还，请大人明断！”一个肥头胖耳的人诉说着。

宽恕：宽容饶恕。

“法官大人，我不是不想还，只是因为我妻子生了一场病，用了不少钱，一下子还不出来，请大人宽恕几天！”一个骨瘦如柴的人回话说。

慢条斯理(màn tiáosīlǐ)：形容动作缓慢，不慌不忙。

法官慢条斯理地摆了一摆手说：“不要吵了！我问你们，还钱的期限到了没有？”

“已经过了三天！”胖子说着，挺起了腰板。

“只过三天啊，我下个月一定还！”瘦子央求着。

法官又慢条斯理地问：“你老婆的病好了没有？”

“好了，好了！”瘦子回答。

惶恐(huáng kǒng)：惊恐害怕。

“你最大的儿子几岁了？”

“17，还小哪，刚刚 17 岁。”瘦子有点惶恐了。

“啪！”法官一拍桌子，站了起来：“现在我宣判！”

毕恭毕敬(bì gōngbìjìng)：十分恭敬。

胖子和瘦子都毕恭毕敬地站着聆听。

“根据汉穆拉比陛下颁布的《法典》第 117 条规定，欠债到期不还，责令其妻子和儿子两人到债主家里充当奴隶三年，第四年恢复自由！”

胖子高兴地笑出声来。瘦子跪在地下哭泣哀求：“法官大人，饶了我吧，我下个月还清！”

“滚下去！”法官怒喝了一声。

两人走出了法庭。人们还能隐约地听到瘦子的哭声。

过了一会儿，一个身强力壮的汉子，推着一个浑身被捆绑的人走了进来。

“大人，我抓到了一个私逃的奴隶！”那汉子报告说。

法官把头侧向旁边的官吏："你去检验一下！"

官吏走下座位，跨到被捆绑的那个人面前，伸手揭开了他的帽子，额上露出了一个圆形的烙印。

"他有烙印，是个奴隶！"官吏向法官禀报说。

禀(bǐng)报：指向上级或长辈报告。

法官慢吞吞地站了起来："根据汉穆拉比陛下颁布的《法典》第17条规定，被抓到的奴隶应归还原主，抓逃奴的自由民有赏。好，赏他两个舍克勒！""舍克勒"是白银的单位，当时一舍克勒白银可买大麦120公升，或上等植物油两公升。

官吏前来拉那个逃奴，不料被他撞了一下。那个被捆绑的逃奴虽然两手被束缚着，但他的怒火是无论如何束缚不了的。他双目圆睁，怒不可遏地说："这是什么法律！"

遏(è)：抑制。

他为什么会有这样的不满呢？

"带下去！"法官尖叫一声。

又有两个人争吵着走进了法庭。

"法官大人，他把我家的奴隶打瞎了一只眼睛，我要他赔！"一个矮子向法官告状说。

"法官大人，我愿意赔他半个奴隶的价钱，他不肯，还想敲诈我！"一个高个子辩驳着说。

敲诈：依仗势力或用威胁、欺骗手段，索取财物。

"大人，打瞎牛的一只眼睛还要赔一半价钱呢，何况他打瞎的是一个人呢！他应该赔全部的钱，不然我太吃亏了！"矮子补充着说。

"混蛋！"法官不耐烦地喊了起来，"你真想敲诈吗？根据汉穆拉比陛下颁布的《法典》第199条和第247条规定，打瞎奴隶的眼睛和打瞎耕牛的眼睛一样处理。你们统统给我滚！"

矮子和高个子刚刚走了出去，又来了两个老头。其中一个拄着拐杖，另一个留着长胡须。

拄拐杖的指着长胡须的说："他想用阴谋害死我，请法官大人明鉴！"

"根本没有这回事！"长胡须的老头辩白说。

"算了！算了！"法官已经感到厌倦，回头对身旁的官吏说，"你把他们都拉到河边去。根据汉穆拉比陛下颁布的《法典》第2

这样的条款说明了什么，是否合理？

条规定，把被告推到河里去。如果他沉下去，说明他有阴谋杀人的企图，财产没收，分给原告；如果他能浮上来，说明他没有阴谋杀人的企图，宣布无罪。”

“这怎么行？把我推到河里不是要淹死的吗？”长胡须的老头既愤愤不平，又惶恐万分。

愤愤：形容很生气的样子。

“执行！”法官一拍桌子尖叫起来。

官吏把那老头拉了出去，另一个老头也跟着走了。

“这是什么判决？”一个旁观者不满地说。

“不去调查调查，就叫河水去判决？”另一个旁观者更是怒气冲冲。

法官站了起来，板着脸高喊着：“你们造反了？我全根据陛下的《法典》办事，你们还敢议论！”他对周围的官吏挥了挥手，大叫一声：“退庭！”

法庭上的人一哄而散。

……

你如何看待这部法典呢？法律是否都是为统治阶级服务的呢？

汉穆拉比法典是两河流域阶级社会第一部最完备的成文法典，内容包括诉讼手续、盗窃处理、租佃雇佣关系、商业高利贷关系、债务、婚姻、遗产继承、奴隶等，比较全面地反映了当时的社会情况。那根记载古代巴比伦汉穆拉比《法典》的石柱，现在还保存在法国巴黎的卢浮博物馆里。

空中花园

古巴比伦具有辉煌灿烂的文明成就。举世闻名的空中花园，成为世界的七大奇迹之一，这其中包含着无数人的汗水和智慧，真的让人叹为观止。

夏日的巴比伦是十分炎热的。这里没有高山，也没有森林，太阳光毫无阻挡地逼射着大地。好久没有下雨了，热风吹裂了干燥的泥土，地里的庄稼开始枯黄了。但是，当人们抬头遥望巴比伦城的时候，只见空中花木层层，青翠碧绿，十分喜人。这是怎么回事呢？这就是闻名全球的古代伟大建筑——空中花园。

空中花园是怎样建造起来的呢？

公元前 614 年，巴比伦军队和来自伊朗高原的米堤亚军队联合了起来，一齐攻打亚述。米堤亚军队以冲锋的战术攻下了亚述城。两国的国王在该城的废墟上商议如何共同进军灭亡亚述的大计。为了巩固友好同盟，两国国王决定，巴比伦太子与米堤亚公主订婚。以后，经过双方协同作战，终于在公元前 605 年，灭亡了曾经称霸“世界”的军事强国亚述。

废墟(fèixū)：城市、村庄遭受破坏或灾害后变成的荒凉地方。

公元前 604 年，巴比伦老国王去世。新国王尼布甲尼撒即位后举行婚礼，米堤亚公主赛米拉斯做了他的王后。但是，这位王后一到巴比伦，只见一片平原，满地黄土，不觉生起思乡病来。她日夜愁眉苦脸，茶不思，饭不想，本来非常美丽的公主，现在骨瘦如柴。

骨瘦如柴(gǔ shòurúchái)：形容非常瘦（多用于人）。

这一下可急坏了巴比伦国王。伊朗高原是王后的故乡，那里山峦起伏，森林茂密。可是，在巴比伦连一块石头也找不到。怎么办呢？他请来了许多建筑师，要他们在京城里建造一座大假山。

经过几年的营造，也不知花费了多少奴隶们的血汗，一座大假山终于造好了。

这座大假山边长 120 多米，高 25 米，用石柱和石板一层一层向上堆砌，直达高空。当然，这些石头是从几百公里外运来的。假山分为上、中、下三层，每层铺上浸透柏油的柳条垫，以防渗水。为了防止万一，上面再铺两层砖头，还浇铸了一层铅。经过这些措施以后，才在上面一层一层地培上肥沃的泥土，种植许多奇花异木。这些花木远看好像长在空中，所以叫做“空中花园”。

了解空中花园的建筑原理。

空中种了花木，浇水是个大问题。于是，特意在顶上设计了机械的提灌设备，用螺旋泵不断地从幼发拉底河里取水。这在当时，是一项多么艰难的大工程！

空中花园里，还建造着富丽堂皇的宫殿，国王和王后可以在这座宫殿里周览全城的风光。据说，米堤亚公主从此兴高采烈，思乡病一下子全好了。

其实，空中花园只是巴比伦城建设的一个组成部分。尼布甲尼撒把巴比伦城建成了当时世界上最大的城市。整个城市由砖砌和油漆浇凝而成。黄色的城墙呈四边形。据希腊史学家的描写，城墙长达 22 公里。城墙十分宽厚，上面是一条可供四匹马并行的大道。环城共有 300 多座塔楼，平均 40 多米一座。城墙共有内外三道，有的厚 3 米，有的厚达 8 米。城墙之间隔着壕沟。全城开有 100 多座城门，它的门框、横梁和大门，全都用铜铸成，此外，城上还有一套复杂的水力防御装置，如果敌人侵入城下，就放水淹没城外土地。真可说是“固若金汤”。巴比伦城还是一座艺术之城。以北门为例，它有两重，高 12 米，两旁有突出的塔楼拱卫着。门墙和塔楼上嵌满了青蓝色的琉璃砖，砖上有野牛、龙、各种兽类的浮雕 575 座，色泽鲜明，姿态多样。城内贯穿南北的大道叫“圣道”。它全用一公尺见方的石灰石铺砌而成，

固若金汤：形容城池或阵地坚固，不易攻破。

中间是白色或玫瑰色的，两边则为红色的，石板上刻有楔形文字的铭文。圣道两旁的墙上，装有白色和金色的狮子像，形状各样，体态自如，栩栩如生。圣道的尽头，是直径六七十米的大神庙，并建有一座高耸入云的七级寺塔。神庙前面是一个大理石做的贮水池，据说它是象征着产生整个世界的一个深渊。因此，进入巴比伦城，如同进入一个神话世界。

铭文：器物、碑碣（jié）等上面的文字。

栩栩（xǔxǔ）：形容生动活泼的样子。

巴比伦城建造在幼发拉底河的中游（今伊拉克巴格达之南），地处交通要冲，世界各国的商人都到这里来，是当时亚洲西部著名的商业和文化中心，被称为“上天的门户”。到公元前 4 世纪末，这座富庶的城市由盛转衰，到公元 2 世纪化为废墟。至于城内的空中花园，它的遗址近几年也已经被发掘出来了。

富庶（fùshù）：物产丰富，人口众多。

20万行长诗

印度的20万行长诗是相当丰富和生动的，它向世人展现了印度人生活的广阔场景。其中的故事发人深省，令人回味。

好的艺术品是能引起人们共鸣的佳作。

在一年一度的印度庙会上，年老的艺人总要朗诵一首古诗。由于这首古诗实在太长了，艺人们只能分别朗诵它的片段。然而，即使是这么一个片段，也能使人听了流泪，因为这诗的故事太动人了。

这诗名叫《摩呵婆罗多》，长达20多万行，讲的是印度两个家族从战争到和解的全过程。据说，它是两三千年前传说中的印度大圣人毗耶娑创作的，是古印度文化艺术的光辉结晶。直到现在，它的故事内容和艺术风格还影响着印度的文艺创作。

故事是这样的：

古代印度半岛上有个呵国，国王生来就是瞎子，国家大事全由他弟弟处理。这个国王有100个儿子，组成了一个家族——俱卢族。太子就是俱卢族的首领。国王的弟弟有五个儿子，也组成了一个家族——班度族。

国王的弟弟死了以后，班度五兄弟就归老国王抚养。老国王派了很好的老师教育他们，他们也非常努力地学习。五个兄弟个个武艺高强，遭到了俱卢族兄弟的嫉妒，想方设法要害死他们。

狡黠（jiǎoxiá）：狡诈。

“兄弟们，父王已经在清静的地方造了一座奇特的树胶房子，你们就到那里去住吧！”太子狡黠地对班度五兄弟说。

班度五兄弟无法推却，只好离开都城。当太子得知他们住进了树胶房子后，马上派人去放火。树胶房子最容易着火，一下子就烧得精光……

几年后的一天，朝廷上热闹非凡。老国王亲自接受群臣的朝贺。太子更是兴高采烈，心想，这下子俱卢族可以独占江山了。正在这时，侍卫上来报告说，盘国国王的五个女婿前来拜见。老国王下令迎接他们。大家一看，原来就是班度族的五兄弟。

兴高采烈：兴致高，情绪热烈。

这是怎么回事呢？

原来，当太子派人去火烧那座树胶房子的时候，有人把这个消息通知了班度五兄弟。他们得知后，马上从地道里逃走。五兄弟逃进了森林，风餐露宿，到处流浪，过着非常艰险的生活。后来，他们到达了盘国。

风餐露宿：形容旅途或野外生活的艰辛。

盘国的首都正在举行招亲大会。印度半岛上许多国家的王子都来了。盘国的国王指着一张强弓，当众宣布说："谁能拉开这张强弓，并且射中靶子，我就把公主嫁给他！"各国的王子一个又一个走上前去拉弓，但是没有一个人能拉开它。

"我来试试！"一个班度兄弟跳进了比试场。他一伸手，就把强弓拉得满满的。"嗖"的一箭，正好射中目标——一条旋转着的鱼的眼睛。

"好！好！"全场一致欢呼。公主亲自把花冠戴在这位班度兄弟的头上。按照当时的风俗，五兄弟都做了盘国国王的女婿。

班度五兄弟有了盘国做坚强的后盾，精神焕发地回到了呵国。呵国的老国王只好把他一半的领土分给他们。这时，太子出了一个坏主意，全把荒凉的土地给班度族；而他们俱卢族自己，则占有了都城周围的富饶地区。

精神焕发：形容精神状态非常好。

然而就是这一片荒凉的土地，太子也舍不得给班度兄弟。他又出了一个坏主意，引诱班度兄弟掷骰子赌博。他指着骰子说："谁输了，谁就得流放 12 年，而且第 13 年还不能被别人认出来。否则，还得再流放 12 年！"班度兄弟老实地答应了，伸手一掷骰子，结果输了。五兄弟只好到森林里去过 12 年流放

骰子（tóuzi）：色（shǎi）子。

生活。

期限满了，五兄弟改换了衣衫，悄悄地走到了另一个国家，在王宫里干活。他们装扮得非常巧妙，以至于没有一个人能认出他们来。又是一年过去了，他们就派使者回到呵国，要太子履行13年前的诺言，归还他们一半领土。太子断然拒绝了班度五兄弟的要求，一场大战终于爆发了！俱卢族联络了许多国家做盟友，班度族也联络了许多国家做盟友。差不多印度半岛所有的国家都参加了这次战争。

战争进行了18天。俱卢族和他们盟军的18支军队全部被击溃。老国王的100个儿子也被杀死了99个，只有太子逃脱了。班度五兄弟紧追不放。“啊！前面是一个大湖！”太子懊丧地望着浩荡的湖水发愁。他忽然心生一计，立即纵身跳进水里。

击溃（jīkuì）：打垮；打散。

“人到哪里去了？”班度五兄弟在湖边寻找着。“咦，这是什么？”有个兄弟见到湖面上有一根芦管在摇晃着。原来，太子嘴里衔了一根芦管躲在水里，用它来进行呼吸。

“胆小鬼，躲在水里装蒜！”五兄弟在湖边用种种刻毒的语言来羞辱太子。

刻毒：刻薄狠毒。

“好，我跟你们决斗！”太子突然从水里冒出来，爬上了岸。决斗的结果，太子终于被杀死。班度兄弟割下了太子的头颅，喝了他的血。

俱卢族战士决心为太子报仇，但是想不出好的办法来。他们睡在大树底下过夜，忽然被鸟叫惊醒。原来，是枭鸟袭击了乌鸦的窝，把窝里的乌鸦全部啄死了。“好！我们马上干！”他们受到了这个启发，连夜袭击了班度族的军营，把睡在帐篷里的班度族战士统统杀死，只有五兄弟逃了出去。

枭（xiāo）：一种凶猛强悍的鸟。

第二天，五兄弟回到了战场。他们看到地上成千成万的尸体，血流成河。这是多么可悲的惨状啊！他们想到兄弟家族之间自相残杀，给全印度带来了多么严重的灾难。于是，他们决定与俱卢族讲和，化战争为和平，化仇恨为友谊。

自相残杀：形容内部之间互相争斗。

火葬开始了，柴火一堆堆地高架着。战死者的尸体一具接着一具地燃烧。火焰一直冲向天空。它象征着贪婪和冤仇统统付之一炬……

付之一炬：给它一把火，指全部烧毁。

长诗《摩呵婆罗多》反映了古印度各阶层广泛的生活面貌，可以说是一部印度古代社会的百科全书。它对正义的歌颂和对邪恶的批判，正是印度人民理想的化身；而它化战争为和平的结局，又正是印度各民族团结统一的象征。

王子成佛记

四大文明古国之一的印度是佛教（世界三大宗教之一）的发源地。这其中有其特定的因素、背景。被视为天主的释迦牟尼更被披上了神秘的外衣。

2500年前（中国春秋时期），印度有个王子创立了佛教。佛教徒尊称他为“佛陀”，简称“佛”，意思是“大智大觉的人”。

印度是和埃及、巴比伦、中国齐名的东方文明古国。1931年，在印度河流域南部的极深的泥层下，发现了一座5000年前的古城遗址。一些建造得很好的砖屋，许多雕像、陶罐和铜器，证明印度早在公元前3000多年就有了可以同埃及比美的古代文明。这座城市是达罗毗荼人建立的。达罗毗荼人是最早生活在印度河流域的民族。他们的肤色黝黑，在今天印度南部还有他们的后裔。

后裔(yì)：已经死去的人的子孙。

公元前2000年，自称为雅利安人的民族征服了印度河流域。雅利安就是“统治者”的意思。雅利安人把达罗毗荼人变成了奴隶。他们残酷地压迫被征服的民族，在印度建立了严格的等级制度。

根据高级僧侣写作的《摩奴法典》，印度人分成四个界限分明的等级，又叫种姓。僧侣是第一级，叫“婆罗门”，他们掌握着印度的古代宗教——婆罗门教，享有种种特权。第二级是武士，叫“刹帝利”，他们的地位比婆罗门低，但是掌握着政治和军事实权。婆罗门和刹帝利都是不劳而获的奴隶主阶级。第三级是一般平民，叫“吠舍”。第四级是被征服的本地居民，很多人

不劳而获：自己不劳动而取得别人劳动的成果。

成了奴隶，叫“首陀罗”。这四个等级在法律面前是不平等的。法典规定：刹帝利辱骂了婆罗门，罚款100帕那（银钱单位）。如果是吠舍骂了，就要罚款150到200帕那。首陀罗骂了，要受体刑，包括用滚烫的油灌入他的口中和耳中。相反，如果婆罗门侮辱刹帝利，只罚款50帕那；侮辱吠舍，罚款25帕那；侮辱首陀罗罚款12帕那。首陀罗如果辱骂了举行过“再生”宗教仪式的雅利安人（叫“再生人”），要被割掉舌头；如果用无礼态度评论“再生人”的名字和种姓，就要把烧热的铁钉插入他的口中。

在森严的等级制度下，受害的只能是下层人民。

除了以上四个种姓外，还有所谓“不可接触者”，被认为是最下等的人。他们必须穿死人的衣服，用被人家扔掉了的破碗钵吃饭。晚上不得在村落和城市周围走动。白天工作的时候，要带上特殊的标志。他们的工作是搬运无主死尸，当刽子手或屠夫。这种种姓制度一直延续到现代。

高种姓的人和“不可接触者”之间，界限非常森严。传说有一个年轻的婆罗门，因为饥饿难忍，吃了“不可接触者”的剩饭。事后，他想起自己是出身高贵的人，怎么能吃低种姓人的饭呢？他悔恨交加，竟然呕吐不止而死。还有一个故事，说两个高种姓的女子进城的时候，看见了两个“不可接触者”。她们就赶快回到家中，用香水洗净自己的眼睛。那两个“不可接触者”被迫逃进森林，死在那里。

森严：整齐严肃；（防备）严密。

人们是平等的，不应该有这种歧视存在。

这种极为荒谬的不合理的等级制度，得到了婆罗门的拥护。他们用经典、法律来维护这种制度。但是遭到了其他种姓人们的反对。

那时候，在喜马拉雅山山麓和恒河中间有一个释迦族小国，实际上是个部落。国王叫做净饭王，他的儿子叫乔达摩·悉达多，他们属于刹帝利种姓。一家人过着富裕享乐的生活。悉达多十九岁的时候，同表妹耶轮多罗结了婚，家庭也十分美满。可是，这个王子总在想：同样是人，为什么有的人是婆罗门，有的人却是首陀罗？而且，婆罗门的子子孙孙都是婆罗门，首陀罗的子子孙孙永远是首陀罗，这又是为什么？

智者经常为民众着想，而不是仅仅为自己谋福利。

悉达多二十九岁那年，有一天，他出东城游玩，看见一位老人拄着木棍，艰难地移动着脚步。过了几天，悉达多出南门，又看见一个病人倒卧在污泥中。第三次，他从西门出游，正遇着一群鸟啄食一具尸体。他感到十分烦闷和苦恼：难道人生就不能免除生、老、病、死的痛苦吗？

心安理得：自信事情做得合理，心里很坦然。

战栗（zhànlì）：颤抖。

最后一次，他在北门外，看见一个人赤着胳膊，捧着一个瓦钵，显出一副心安理得、自满自足的样子。悉达多问随从这是什么人，随从说："这是沙门，出家修道的人。"悉达多赶忙向沙门行礼。沙门对他说："世事无常，只有出家人可以得到解脱。"这就是所谓"看破红尘"。悉达多听了沙门的话，全身战栗，泪如雨下，产生了出家的念头。

回到家中，正好他的妻子生下一个儿子。全城鼓乐阵阵，庆祝净饭王得了孙子，悉达多有了儿子。悉达多走过爱妻的房间，看见她怀抱着的儿子。他多么想进去抱抱这个新生命啊！但是，他停住了脚步，叹息说："要出家是多难啊！"终于，他下定决心，抛开妻儿，毅然离开了家。

第二天，悉达多走出了国境，在一条河边拔剑把头发削去，成为沙门。

委靡：精神不振，意志消沉。

相传这是公元前 6 世纪发生的事。当时印度流行所谓"苦行"，就是少食、少睡，自找苦吃，用这种办法来求道。悉达多也曾经实践过这种修行法，结果弄得精神委靡，体力衰竭，还是一无所得。他觉悟到，只有身强力壮，才能找到真理；于是，开始注意锻炼身体，磨炼意志。他走到尼莲河边的菩提树下，在那里闭目沉思，静坐了六年。第七年的一天，他忽然觉得一下子明白了许多人生的道理。后来，悉达多就到各地去传教，招收信徒，希望大家相信他说的一切，并且照着去做。佛教就这样产生了。作为佛教的创始人，悉达多被他的弟子称为释迦牟尼，意思是释迦族的圣人。他的学说和精神感化了一些有学问的人，其中有婆罗门种姓的三兄弟，也带领自己的上千名教徒来接受释迦牟尼的教化。这以后，又有许多婆罗门僧侣前来受教。据说，他共

教化：教育感化。

有忠实弟子 1200 人。

释迦牟尼“得道”的过程，只是一个被涂上了神秘色彩的传说。最初，佛教在反对婆罗门特权和它所维护的等级制度的斗争中，曾经起过作用。释迦牟尼认为：“既然恒河流域的四水都流入圣河，不分清浊，信佛的人同属众生，也不应该分婆罗门、刹帝利、吠舍和首陀罗。”因此，佛教不排斥低种姓的人入教，不承认婆罗门的特权地位。

佛教的基本教义认为，人生充满着“苦”，所谓“苦海无边”。只有信佛，消除一切欲望，才能“回头是岸”，断绝苦根。它要人们相信什么“命中注定”，不要指望今生今世，要苦修来生来世。这种说教，只说人生是“苦”的，却不讲“苦”的根源是怎样造成的，这就掩盖了统治阶级剥削和压迫人民的真相。佛教不容许人们和剥削者、压迫者作斗争，用自己的力量去铲除苦根；反而要人们忍受痛苦，安于现状。这就麻痹了人民的斗争意志。

这种教义使人们容易满足、没有斗志。

麻痹（mábì）：失去警惕性；疏忽。

特洛伊木马

战争总是残酷的、互有损伤的，但起因却各不相同。特洛伊战争就是由美女海伦引起的，结果是希腊以木马计取胜，但长达十年之久的战争危害也真是巨大了。

公元前12世纪的时候，在小亚细亚的西北部有一个特洛伊王国。当时，特洛伊国王普里阿摩斯妻妾成群，他有100个子女。王子帕里斯一表人才、英俊聪慧、力量过人，在众王子中最为优秀，深受国王的宠爱和重用。

有一天，国王普里阿摩斯想起了姐姐赫西俄涅，她在希腊已很长时间没有回来了，国王就派帕里斯出使希腊去把赫西俄涅接回来团聚。

然而在出使希腊的途中，风流王子帕里斯被一位貌似天仙的女子迷住，顿时神魂颠倒，把自己的使命忘了个干干净净。

神魂颠倒：形容非常着迷。

这个美丽的女子就是后来引发特洛伊战争的海伦，她是斯巴达的公主。帕里斯遇见她时她已是结过婚的人了。当她很小的时候，她的美丽就已传遍了全希腊。雅典国王忒修斯曾慕名而来把她劫走，后来被她的两个哥哥趁机救出并带回了斯巴达。海伦被她的后父斯巴达王廷达瑞俄斯养在深宫，出落得更加迷人，前来求婚的王公贵族都排成了长队，斯巴达王最后选择了阿耳戈斯国王墨涅拉奥斯当了他的女婿，连王位也传给了他。

帕里斯对海伦一见钟情，不能自拔，而海伦对这位举止高雅、穿着华丽、有着长长卷发的英俊王子也非常有好感。帕里斯一门心思地讨海伦开心，使海伦渐渐不能自已，最终以王后的身份、用特殊的礼遇接待了这位英俊王子。而当时又正值斯巴达国王墨涅拉奥斯出使外国，帕里斯趁此天赐之机加紧讨好海伦。他用美妙动听的琴声、甜蜜醉人的言辞和炽烈的爱情吸引她，终于使她不能把持自己，忘记了自己是位有夫之妇，和这位王子好上了。接着，帕里斯买通了希腊武士，带着意乱情迷的海伦上了自己的船队，逃离斯巴达。帕里斯无法回去向父王交代，就干脆将船只停泊在一个美丽的小岛上，他和海伦沉浸在欢乐、幸福的爱情之中。

炽烈（chìliè）：旺盛猛烈。

意乱情迷：失去了理智。

墨涅拉奥斯回国知情后，恼羞成怒，决定立即发兵特洛伊城。在宫廷大臣的劝说下，他和奥德赛组织了希腊和平使节团，来到特洛伊，想以和平的方式接回海伦。但没想到帕里斯和海伦没有回来。特洛伊诸王子虽然承认错在帕里斯，但也不甘心这样乖乖地将海伦送回去，于是谈判破裂。

战争往往是由统治者的利益之争而引发的。

希腊使团回国后，向国人通报了出使情况，引起希腊各城邦的公愤。墨涅拉奥斯的哥哥——迈尼国王阿伽门农，集结了希腊各路英雄，调集10万大军，1186艘战船，组成庞大的希腊联军，远征特洛伊王国，特洛伊战争由此爆发。

这场为争夺美女海伦的战争惨烈无比，双方都付出了沉重的代价。

帕里斯闻讯立刻带着海伦回国。那时，战争正打得不可开交。墨涅拉奥斯向他挑战，他投入战斗，二人单独决一生死，打得难解难分，最终帕里斯受伤不敌。在另一场战斗中，帕里斯射死了希腊英雄阿喀琉斯，而自己命丧希腊神箭手菲罗克忒斯的毒箭下。帕里斯的妻子俄诺涅悲痛万分，跳进了帕里斯的火葬堆中。

战争中受伤害最多的是无辜的百姓。

特洛伊战争前前后后进行了10年，胜负难分，双方人员死伤惨重。希腊预言家告诉自己的将领们，战争这样硬拼下去是不能取胜的，只有智取，才可能最终打败对方。前线的众将领们聚集在一起，商讨对敌大计，伊塔刻国王足智多谋的奥德修斯想出了一条木马计，得到大家一致赞同。

根据奥德修斯的计策，希腊人造了一匹巨大的木马，在战斗焚毁（fénhuǐ）：烧坏，烧毁。

仓皇（cānghuáng）：匆忙而慌张。

中奥德修斯和许多希腊名将都钻进马腹中藏了起来，其余希腊将士则假装败退，他们焚毁了军营中的物资，仓皇撤退。实际上，军队都乘船隐藏在附近的海湾。特洛伊人以为这次敌人真的彻底失败，就全部掩杀出城，占领了这个地方，当然，也发现了这匹巨大的、制造精良的木马，它立即引起了特洛伊将领的注意。在检查这个怪物时，发现马腹下隐藏着一个希腊士兵。特洛伊人立刻审问了他。这个马下的人叫西农，是希腊将领故意留下诱骗特洛伊人上当的。他不仅胆大，而且善辩。他告诉特洛伊人：希腊统帅为了祈求神灵保佑他们平安撤军回国，要杀他祭神，他便藏到木马腹下，才得以捡了一条命。特洛伊将军急切问他，这木马是干什么的？他说，这木马是希腊人当做礼品献给雅典娜女神的，谁把这礼品献给女神，神就宠佑他。西农巧妙的谎言骗过了特洛伊人。但这时特洛伊国祭司拉奥孔从人群中走出来，他警告人们说，这木马很可能是敌人的一种作战机器，不如将这个怪物毁掉，以绝后患。很多人都反对他这样做，他们认为毁掉木马是对神灵的冒犯，特洛伊城将会有灭顶之灾。再说这是个战利品，将它弄到城里，可作为战争胜利的永久纪念。于是，国王命令将木马拖进城里，木马太大了，为了进城，还拆毁了一段城墙。

战争真的是一个斗智斗勇的过程。

当天晚上，特洛伊全城人都在为了胜利而庆祝。西农却趁机偷偷地溜出人群，到一个僻静处点火，向隐蔽在海湾的军队发出信号。然后他又去打开木马的机关，把奥德修斯等人放出来，杀了守城的卫兵，将大军从城门和城墙拆毁处引进城中，迅速打败了特洛伊的军队，一举攻占了特洛伊城。

历时10年的特洛伊战争以木马计的成功而最终结束。

雅典的民主

古代雅典是政治制度十分健全的国家，他的民主制度至今为许多政府采用。采用民主的议政方式，是一种历史的进步。

“开会啦，大家快去参加公民大会！”一个手持桂树拐杖的传令官用洪亮的声音，在雅典各条街道上喊着。在雅典，传令官担负着传达国家命令的任务，他在就职前，要经过特殊的考试——考他声音是否响亮动听。他所传达的命令是神圣不可侵犯的。当人们一听到他的声音，就纷纷走出作坊、店铺和住宅，来到城西的一个山冈上。

这就是古老的通知方式。

这里是雅典最高的权力机关——公民大会的开会地点。每十天左右，公民们要到这里来参加一次会议。开会通知一般在五天之前公布。遇到紧急情况或特别重要的会议，就派传令官在大街上喊叫，或在市场上烧起一柱狼烟。这次大会要选举下年度的重要官员，是所有会议中最重要的一次，因此特地再由传令官口头通知一遍。

雅典的这种议事方式是相当正式、完备的。

人们来到会场入口处，只见六个监察员和他们的助手，正按照名册在检查到会的人。

“大家注意！”一个监察员站在一块大石头上喊道，“今天是选举大会，外邦人不得入内。”

按照雅典城邦的规定，公民满了20岁，不管其财产或种族，在公民大会上都有选举权。不过实际上，在雅典享有这种公民权的还不到居民总数的十分之一，因为外邦人和全体妇女是不能参加公民大会的，奴隶就更谈不上了。奴隶主带来使唤的奴隶，就

“民主”是不是全民的呢？为什么？

站在入口处等候主人。平民和手工业者虽然也有选举权，但他们不可能经常出席这种大会，因为开一天会等于剥夺他们一天的收入。所以每次参加公民大会的不到十分之一。这次是参加选举大会，可以领到相当于一天生活费的会议津贴，所以来的人比往常多一些。

津贴：工资以外的补助费，也指供给制人员的生活零用钱。

会场上没有座位，人们都席地而坐。因为是倾斜的山坡，所以即使坐在后面的人，也可以看到讲台上的情况。讲台是由一块巨石凿成的，两面都有让人上下的台阶。台上平放着几块木板，那是主席团成员的座位；前面是一只很精致的椅子，这是专为主持会议的人设的。

“公民们请注意!”主席看看人快到齐了，便大声宣布，“现在开始祭祀神明!”说着，有一个祭司牵着一只小猪，在会场四周绕行一周，然后走上讲台前的一个小祭台上，当场把它宰了。这是开会前的一种宗教仪式。

雅典是一个宗教国家，你知道关于这一点的记录吗？

宰猪仪式结束后，大会主席宣读想获选担任下届官员的人的名单，并征求到会者对每个提名人的意见。

“我发言!”只见一个石匠往台上走去。这时主席递给他一个月桂花冠，它等于是大会发言许可证。戴上花冠的人在发言时，如果有人胆敢侮辱发言人，主席就要赶他出会场，甚至还要罚款。但发言的人也应该有礼貌，不应侮辱或谩骂到会的人。如果违反规定，人们就不准他发言，或者被主席宣布是失去荣誉的人。

谩骂：用轻慢、嘲笑的态度骂。

石匠开始发言了。他指出，刚才宣布的名单中，某人还只有29岁，不满30岁，不能当选为候选人；又说某人去年已经担任过某项职务，今年不应再重复当选……讨论候选人是很热烈的，如果谁被揭发没有缴过税或没有完成国家的债务，不仅要被取消当候选人的资格，而且要受到严厉惩罚。

可见选举制的条款是很全面的。

全部候选人都审查通过了，主席宣布：“开始选举!”

这次大会要选出10名将军、10名步兵统帅、2名骑兵统帅以及1名司库员。大会主席喊着候选人的名字，由公民举手表决，书记把它一一记下。谁获得了多数票，就算当选。将军和步兵、骑兵统帅掌握着军队，事关国家命运，所以一定要大会表决；司库员掌握国库钥匙，是要害部门，也要大会选举。其余的官吏，包括 9 名执政官、500 人议会的议员、审判官、11 名监狱官、10 名市政官和 10 名市场官，都在大会选举以后用抽签的方法决定。

抽签在一所寺庙里进行。那里有两只箱子，一只放着许多写着候选人名字的名单，另一只放着白豆和黑豆。抽签时，由最先选出的执政官从一只箱子里取出一张名单，又从另一只箱子里取出一粒豆。如果是白豆，这个人就当选了；是黑豆，那只好等下一年再碰碰运气。

这种方式科学吗？这种选举真的民主吗？

“真倒霉，又是黑豆！”许多候选人落选时，常常这样埋怨。要知道，谁要是在一生中什么公职也没有担任过，谁就将被认为是懒汉和没有出息的人。大多数公民都不拒绝担任某项公职，因为担任公职的人不仅会受到人们尊敬，而且能享受公职津贴。

一切重要官员都选出来了。两个月后，原任职的官员办理移交，新官员就任职视事。

第二年春天，新上任的一位高级官员，提议召集一次非常的公民大会。说它“非常”，因为他在会上提出要举行“陶片放逐”。

什么叫“陶片放逐”？这是公元前 6 世纪末，希腊民主政治的始祖克利斯梯尼制订的一项法令。按照法令规定，凡是破坏国家民主制度，企图实行个人独裁的人，经过召开非常公民大会口头表决，送交“陶片审判庭”审判，并由它作出是否逐出雅典的判决。在这次非常大会上，多数公民认为有必要举行陶片投票，并且高声喊出了一个人的名字。于是又召集了第二次公民大会。

了解“陶片放逐”的说法，进一步理解希腊的民主。

投票的日子来到了。围着篱笆的投票场设有 10 道门。每个有投票资格的公民，在自己部落的入口处领到一块陶片。他们各自在陶片上写他认为应该放逐的人的姓名，在进门后把陶片交给工作人员。交陶片时，写姓名的一面朝下，因此，投票是秘密的。投票结束后，由公民大会的工作人员统计票数。如果某人的票数超过了 6000 票，就要被判放逐 10 年。期满后才能回到雅典，恢复他的公民权。

屏息静气：有意地屏住气；暂时停止呼吸。

现在，会场的气氛很紧张。大家都屏息静气地等候投票结果。很快，主持投票的一个主要工作人员宣布了投票结果。这次获票最多的是一个贵族的儿子。当他的名字一宣布，全场立即欢腾起来。一个水手高兴地说："这家伙老是反对建立海军！保卫国家的事他从来不操心！"另一个农民说："哼，他操心的是，穷人一旦做了舰上的桨手，就不用为一小块面包而奔走，也不必再求他们这样的大老爷了！"

"让他滚出雅典！"台下发出了一片呼喊声。这个贵族的儿子当场被押出了会场。

任何事物都会有其两面性——有利有弊。

雅典的民主，在当时虽是一种进步的制度，但毕竟属于奴隶制下的民主，它是为雅典奴隶制的经济和奴隶主阶级服务的，平民和手工业者并不是这个民主的真正主人。

伊索寓言

希腊对人类的贡献，可谓举不胜举。《伊索寓言》为人们提供了许多寓意深刻的小故事，影响着一代又一代人的思想。

你知道《狼和小羊》的故事吗？这个故事说：

有一天，狼和小羊碰巧都在小河边喝水。狼想找借口把小羊吃掉，便责怪小羊把水弄脏了，害得它不能喝水。小羊回答说："你在上游，我在下游，我怎么会把上游的水弄脏呢？"狼一计不成，又生一计，气势汹汹地说："你去年骂过我的父亲。"小羊连忙分辩说："那时我还没有出生呢。"狼恶狠狠地说："即使你辩解得再好，我也决不放过你！"说着，便猛扑过去，把小羊吃掉了。

气势汹汹：形容气势非常大。

辩解：对受人指责的某种行为或见解加以解释。

这个故事告诉我们，坏人存心要做坏事，总是可以找到借口的。

《狼和小羊》的故事，是著名的《伊索寓言》中的一篇。相传伊索是公元前 6 世纪古希腊某奴隶主的一个家奴，后来获得解放。他相貌丑陋但聪明绝顶。伊索创作过许多寓言故事，反映了广大奴隶和下层平民对奴隶主贵族统治的不满和反抗，表达了这些受压迫者的聪明才智和生活理想。除了上面说的《狼和小羊》以外，还有许多有趣的故事。

《农夫和蛇》的故事说：一个农夫在冬天看见一条蛇冻僵了，很可怜它，便拿来放在自己的胸口。那蛇受了暖气就苏醒了。等到恢复了它的天性，便把它的恩人咬死了。农夫临死的时候说："我怜悯恶人，应该受这个恶报。"这个故事告诉人们，决不要怜

怜悯（lián mǐn）：对遭遇不幸的人表示同情。

悯像蛇一样的恶人。

《农夫的儿子们的争吵》讲的是：农夫的儿子们时常争吵，农夫屡次劝导无效，便拿一束木棒叫儿子们折断。儿子们用尽力气也折不断。农夫将一束木棒解开，每人发给一枝，儿子们很容易地就折断了。于是农夫教育儿子们："你们看吧，假如齐心一致，你们就不会被敌人征服，但若是内讧就要被打倒。"这个故事说明，团结就是力量。

内讧(nèihòng)：集团内部由于争权夺利等原因而发生冲突或战争。

其他如《龟兔赛跑》劝诫人们不要骄傲；《乌鸦和狐狸》讽刺某些人的虚荣心；《狐狸和葡萄》嘲笑无能者的自我安慰；《打破神像的人》表现了对神明的怀疑；《鹰和螳螂》赞美了劳动者的聪明和智慧……

伊索创作了许多寓言故事，触犯了奴隶主贵族的统治，因此奴隶主和贵族千方百计地要迫害他。据说公元前 560 年的一天，伊索被押到了爱琴海边一块高耸的岩石上。在这生命的最后一刻，伊索仍然昂首屹立，坚定不屈。最后，刽子手把他推下了山岩……

屹立（yìlì)：坚定不可动摇。

刽（guì）子手：旧时执行死刑的人。

伊索被杀害了，但是他创作的寓言却一直在人民中间流传着。不过伊索在世时，以及他死后很长一段时间，他的寓言还没有成书。直到公元前 3 世纪左右，即大约伊索死后二三百年，一个希腊人把当时流传的 200 多个故事汇集成册，题名为《伊索故事集成》。可惜这本书后来散失了。到了公元 1 世纪初，又有一个获释的希腊奴隶，大体取材于上书，用拉丁文写了寓言 100 余篇；同时，另有一个人用希腊文写了寓言 122 篇。到公元 4 世纪，又有一个罗马人用拉丁文写了寓言 42 篇。后来，又有人加进了许多印度、阿拉伯和基督教的故事。经过这样多次收集整理，改写增删，就成了我们今天所读到的《伊索寓言》，共 360 篇。这些寓言，有的是伊索创作的，有的是他同时代人或后人创作的，其中不免夹杂了一些糟粕。但是，《伊索寓言》毕竟保存了许多有深刻意义的故事，直到今天，仍然使我们得到启发和教育。

伟大的思想是不易破灭的。

糟粕（zāopò)：粗劣而没有价值的东西。

奥林匹亚竞技会

奥林匹克运动会，在今天已广泛受到世人的关注，但是对于它最初的形式、起因又有多少人了解呢？这需要人们去发现、去解释。奥林匹克精神是值得人们学习、铭记的。

这是一个晴朗的夏天。希腊南部奥林匹亚城的河道里，停满了许多披着节日盛装的船只。有来自希腊本土各城邦的，也有来自黑海、地中海沿岸以及遥远的西班牙的希腊城邦的。城内城外车水马龙，到处是穿着鲜艳服装的人，他们都是参加竞技会的运动员和观众。每四年一次的奥林匹亚竞技会就要开始了。它是一个和平的节日，因为在竞技会期间，一切战争都必须停止。

“啊，圣地，奥林匹亚圣地到啦！”一个老人刚跨上岸，就激动地对身旁一个10岁左右的男孩说。

“嗯——”孩子被岸上色彩缤纷的景象弄得眼花缭乱，说不出话来。到处是临时安置起来的帐幕和简易房子，人们喧嚷着在这里做生意。

眼花缭乱：眼睛看见复杂纷繁的东西而感到迷乱。

“来，孩子，咱们先到圣林去朝拜宙斯神吧。”老人说着，就拉着孩子向一个山坳走去。

山坳（ào）：山间的平地。

圣林那边挤满了祭献宙斯神的队伍。人们有秩序地一批批走向冒着烟火的祭台。老人带着孩子，在祭台前虔诚地跪下，随后取出一只羊腿，把它投入火堆中。

虔诚（qián chéng）：恭敬而有诚意。

“爷爷，那是什么？”孩子指着四周一幢幢小建筑物和纪念像问。

“唔，那是各城邦献给宙斯神的礼物库。那些纪念像——”

老人兴奋地说，“是为竞技的优胜者设立的，多么光荣啊！”

接着，老人把孩子带进圣林的主要建筑——宙斯神庙。

一进庙门，孩子就被眼前那座宏伟的宙斯神像惊住了，因为它全身几乎都是珍贵的宝石、金子和象牙。

你知道奥林匹亚竞技会的原因了吗？

“孩子，这座神像是咱们希腊人的骄傲和光荣。谁要是没有见到过它，那真是一生的不幸。咱们希腊人每隔四年举行一次竞技会，就是为了祭祀这位伟大的宙斯！”

第二天天还没亮，孩子就被老人唤醒，来到了竞技场。这是一个建造在山坡上的运动场，可以容纳四万观众。他们来到的时候，场地上已经坐满了人。

嘹(liáo)亮：(声音)清晰响亮。

太阳出来了，嘹亮的号声突然响起，大会场顿时寂静下来。人们见到，穿着绛红色服装的裁判员和竞技领导人进入了场地，并绕场一圈。这时场内发出了震耳欲聋的欢呼声。

震耳欲聋(zhèn ěryùlóng)：耳朵都快震聋了，形容声音很大。

接着响起了第二次号声。一个传令官走到台上高声喊道：

“请参加赛跑的人上场！”

在运动员上场以后，传令官依次宣读着每个运动员的名字、他父亲的名字、所属城邦和出生地点，并且大声向参加运动会的人们询问，是否有人怀疑这些运动员的公民权。

“这是干什么？”孩子好奇地问老人。

对于参赛的资格问题，你有何感想？

“这是在审查他们的公民资格。如果他们不是希腊人，或是奴隶、曾经被判过罪的，那就没有权利参加竞技。”

运动场上沉寂了一会儿，没有人提出疑问，于是运动员们一一宣誓。仪式到此结束。

赛跑开始了。满身涂着橄榄油的运动员经过抽签，分五组进行短跑比赛；接着又由分组的优胜者进行决赛。结果一个青年贵族获得冠军。按照规定，这一届奥林匹亚节，就拿冠军获得者的名字来命名。

荣誉不仅仅属于运动员本身，也属于他的城邦。

“他是咱们城邦的，”老人激动地紧紧搂住孩子，“他使咱们城邦获得了永恒的荣誉！”

在这项主要的比赛之后，又举行了各种距离的赛跑。接着又举行最受人们欢迎的摔跤比赛：双方头上戴着青铜头盔，手上缠着铁刺皮带。凡能把对手摔到地上三次的，就是胜利者。当一个满脸血污的战败者被抬下场去的时候，孩子恐惧地扑倒在他爷爷的膝上。

第二天清晨，老人又把孩子带到了运动场上。今天是比赛掷铁饼、投标枪和跳远。参加跳远的运动员们，被裁判员领上一个专门设立的土坡。他们双手拿着梨形哑铃，向前伸着。裁判员发出“跳！”的口令后，他们的手很快地向后摔，双腿用力往前跳。参加掷铁饼的运动员，右手拿着沉重的铁饼，在空中绕几个圈，然后用左手支在右腿膝盖上，挺直身子，把铁饼掷出去。至于投标枪，不仅要比远，而且要命中一定的目标。比赛结果，获得这几项运动优胜的，还是那位青年贵族。

“光荣呵，光荣！”老人不住地喊道。

竞技的最后一天是赛车和赛马。由四匹马拉着的战车，要12次绕经起点的标杆。转弯时，骑手们把缰绳拉得似弓一般紧，紧张得扣人心弦。突然，其中的一辆战车因骑手驾驭失手而被摔得粉碎。当临近终点的时候，骑手必须从马上跳下来，握着缰绳，跟着飞驰的马一起奔到终点。

扣人心弦(xián)：形容诗文、表演等有感染力，使人心情激动。

赛车和赛马结束后，在宙斯神庙附近举行了隆重的授奖仪式。传令官再一次庄严地宣读了各项比赛优胜者的姓名、他父亲的姓名、所属的城邦和出生地点。裁判们隆重地把花环分别戴到了优胜者们的头上。

“那是什么玩意儿呀？”孩子不解地问。

老人严肃地说：“孩子，别小看这普通的花环。这上面的橄榄枝是从本地的橄榄树上摘下来的。它比黄金和珍珠还要可贵。获得这个奖品的人，将永远受到人们的尊敬！”

你知道橄榄枝为什么那么重要吗？

授奖完了以后，就开始游行。裁判员走在最前面，接着是本届竞技会的优胜者。他们身穿色泽鲜艳的衣服，头戴橄榄树枝编的花环，手里拿着棕榈树枝。在他们四周簇拥着僧侣、使节和竞技会的工作人员。在笛声的伴奏下，他们唱着歌缓缓前进。人们

棕榈(zōnglǘ)：常绿乔木，通称棕树。

欣喜若狂地向优胜者欢呼，并把鲜花撒到他们的身上。

游行队伍突然停了下来。原来前面是祭台，优胜者将在这里向神作谢祭。最后他们走进了一座宏伟的建筑物。

人们对运动是相当热衷的。

“回去吧，孩子，”老人拉着孩子的手说。“那里面已经摆下了盛大的酒宴，不过那是为优胜者和长官们准备的，咱们没有份儿。”

“那么竞技会完了？”

“不，对于取得优胜的人来说，节日还没完。在他们回到自己城邦的时候，大家还要举行极大规模的庆祝会来欢迎他们。这次咱们城邦获得了最高的荣誉，咱们得赶紧回去，准备参加城邦的欢迎会！”

“能在竞技会上得奖，该多光荣啊！”孩子羡慕地说。

“是啊，他将终身受到人们的敬重：免除他所有的城邦义务，在剧场为他保留荣誉座位，在公共场所为他树立雕像，甚至发给他终身津贴！”

奥林匹亚竞技会的举行，反映了古希腊体育运动的繁荣发展。由于战争经常发生，要求战士具备坚韧的战斗意志和强壮的体魄，因此体育训练和竞赛成为重要的社会内容。它与对宙斯神的大祭结合起来，到公元前8世纪，形成了全希腊性的赛会。第一次奥林匹亚竞技会在公元前776年举行。以后每四年举行一次。第一次举行的运动项目只有200米赛跑一项，后来才逐渐增加了摔跤、拳击等项目。但妇女不仅不能参加比赛，而且不能观看比赛。如果发现哪个女子去观看，就立即把她扔到悬崖下去。古代的奥林匹亚竞技会直到公元4世纪末，才被征服希腊的罗马皇帝禁止。此后就中断了1500年。1894年，国际体育大会决定综合性的世界运动会叫奥林匹克运动会。两年后，在希腊雅典举行第一届奥林匹克运动会。从此每四年一次，轮流在各会员国举行。这就是现代奥林匹克运动会的来历。

许多国家的妇女古代社会中都不能享有同男子一样的权利。

马拉松战役

马拉松精神一直被许多人传颂，这其中的故事更是耐人寻味。本文以希波战争为背景，徐徐地向人们展示了马拉松的由来。

马拉松战役是希波战争中的一个著名的战役。

波斯帝国征服了从印度河流域到埃及的广大地区后，并没有满足，它又向希腊开战。公元前 500 年小亚细亚半岛西端的一些城邦被波斯帝国征服。这些被占领地区的人民为了反抗侵略者的压迫，便发动了反波斯起义。希腊的雅典等城邦派出援军支持他们，公元前 5 世纪初，希波战争正式爆发。

历史上，征服与反征服的战争屡屡发生。

公元前 492 年春天，波斯帝国从波斯湾远征希腊，行至亚陀斯角时，海军遭遇了风暴，300 艘战舰、2 万名士兵全部葬身鱼腹。陆军由于色雷斯人的骚扰，也无功而返。次年春天，波斯国王又派出使者到希腊各城邦索要“土和水”。这是为什么呢？那时，古代希腊哲学家认为：土和水是构成世界的两大重要元素。因为有了土和水，人们才得以生存，失去土和水，也就无法继续生存。因此，土和水被世界上许多国家和民族看成是国家领土和主权的象征，向外国人献出“土和水”，就表示屈膝投降。波斯帝国向希腊城邦小国要“土和水”就是让他们主动投降，对波斯帝国表示臣服。有些城邦慑于波斯帝国的强大，没有办法，只有向他们的来使献上“土和水”，表示对波斯臣服，以求他们不要诉诸武力，使老百姓免受战祸。

骚扰（sāorǎo）：使不安宁；扰乱。

慑（shè）：害怕；使害怕。

然而，对于波斯帝国要求献出土和水的无理要求，希腊最大的两个城邦雅典和斯巴达则坚决拒绝，雅典官员把波斯使者领到一座高山的顶峰，说让使者取高山之巅的沃土带回去，使者很高兴，还以为雅典人同意要把最好的土让他带回去，屈服于他们国家，一路趾高气扬，以为自己又有了炫耀的资本。然而，使者万万没有想到自己被雅典人从高山上抛入了万丈深渊。斯巴达人则把波斯使者带到一口井边，指着井底说："这里面的水如同泉水一样甘甜，水下的土滋润肥沃，你们可以随便拿，不过要请使者自己下去拿！"使者见这口井深不见底，吓得浑身颤抖，斯巴达人愤怒地把他扔进井里。由于雅典和斯巴达这两个希腊城邦不肯屈服，波斯国王决定第二次远征希腊。

侵略者总是贪得无厌。

公元前490年，波斯王国的庞大舰队横渡爱琴海，1万精骑及大批步兵，号称10万大军的波斯侵略军队登陆雅典城东北60公里的马拉松平原。

这场战争的外部条件相差悬殊。

雅典军民闻讯立即行动起来，在著名的统帅米太亚得的率领下英勇地进行抗击。但这是一场艰难的激战，雅典集结的军队仅有1.1万人，情况十分危急，需要支援。力量最强大的就是邻邦斯巴达。军中士兵菲迪皮茨自告奋勇，向邻邦斯巴达请求支援。为了及时搬来救兵，菲迪皮茨在两天的时间里竟然不可思议地跑了150公里。不料斯巴达国王拒绝出兵支援。消息传来，雅典军民抱着必死的精神同仇敌忾。卓越的统帅米太亚得很懂得哀兵必胜的道理，军民高涨的士气给了他无比的信心。他命令雅典军不惜一切代价抢占马拉松山坡高地这个有利地势。雅典军居高临下，势如破竹，打退了波斯军一次又一次的冲锋。波斯将军达提斯准备集结兵力，抢占高地。米太亚得迅速作出反应，他针对敌兵两翼兵力少的弱点，调动雅典主力从两翼进攻敌人，以两翼合击波斯中军，波斯军阵势立即大乱，最后狼狈逃走。此役共歼灭波斯军6400余人，雅典军阵亡仅192人。

同仇敌忾(tóng chóudíkài)：全体一致地仇恨敌人。

狼狈：形容困苦或受窘的样子。

战斗胜利后，雅典官军踊跃欢呼，为了尽快让全城人民得知这个胜利的消息，让所有雅典人一起分享胜利的喜悦，欣喜若狂的米太亚得再次派菲迪皮茨把这一好消息尽快告知雅典。

踊跃(yǒngyuè)：形容情绪热烈，争先恐后。

菲迪皮茨沉浸在胜利的喜悦中，接到将军的命令，就立即飞跑上路。可菲迪皮茨作为求援者已经往返一次斯巴达，体力透支得差不多了，这次他又因为兴奋跑得太快，中途又没有休息，以至于到达雅典中央广场时，只说了句：“大家欢乐吧，雅典得救了。”随即他累倒在地，力竭身亡。

透支：比喻精神、体力过度耗支，超过所能承受的程度。

为了纪念这次反侵略战争的胜利和传令兵菲迪皮茨忠诚的爱国精神，1896 年，第一届奥林匹克运动会在雅典举行时，特把一个起跑点修在马拉松，从起跑点出发，经过马拉松平原到达雅典市中心体育场。整个路线、起点、终点都和当年菲迪皮茨报捷时跑过的路程一模一样。整个路程为 42.195 公里。这就是后来国际上规定的马拉松赛跑的距离。这项超长距离的赛跑，为田径运动中唯一不设世界纪录的项目，只公布最高成绩，这是为了对菲迪皮茨表示敬仰。

自古以来，人们就对运动精神敬佩不已。

马拉松战役的胜利，极大增强了希腊人抵抗波斯侵略的必胜信心。后来波斯帝国又发动了第三次大规模入侵，同样大败而归。希腊被征服的其他城邦虽然送去了“土和水”，但并不代表他们的人民是屈服的，他们乘机起义。希波战争使显赫一时的波斯帝国也因此逐渐衰落下去。

哀兵必胜的道理在这种战争中得以充分体现。

七大奇迹

古希腊的建筑的确惊世骇俗，这当中反映了人们对艺术的审美与追求。他们在其中融入了智慧，更融入了民族意识，处处闪烁着古希腊的不凡。

古希腊成就颇为辉煌，在许多方面都有体现。

在世界建筑史上，古希腊的建筑可以说是希世奇珍。它以规模宏伟、雕刻精致、造型优美而闻名于世。早在 2000 多年以前，腓尼基的一位作家就曾用诗一般的语言，描述和赞颂了世界的七大奇迹——当时世上最壮观的七大建筑物。在这七大奇迹中，除了前面已经介绍过的埃及金字塔和巴比伦空中花园之外，都是古希腊人在公元前 6 世纪到公元前 3 世纪时创造的，它们集中地体现了古希腊建筑技术和雕刻艺术的高度成就。

让我们先从希腊半岛南部的奥林匹亚山看起，那里耸立着巨大的宙斯神像。

宙斯是希腊人的“天神之王”，主管着天上和人间的一切。据说，他就住在奥林匹亚山上。希腊人特地请雅典最杰出的雕塑家菲狄亚斯制作了这座神像。他整整做了八年，终于完成这座 15 米高的巨像。宙斯神像正身为 12 米，用乌木雕成；底座 3 米，用黑色大理石凿成。四周墙壁也都用大理石砌成，这些大理石都是从地中海的帕洛斯岛上采来的。

编缀（biān zhuì）：把材料交叉组织成器物；编结。
袒露（tǎn lù）：裸露。

宙斯神像的衣服，全部用黄金的薄片编缀而成，上面镶嵌着珍珠和宝石。身体的袒露部分，用象牙拼嵌。眼睛由宝石做成。头上戴的桂冠，也由黄金铸成。神像的右手擎着胜利女神；左手握着象征权力的“权杖”，上雕老鹰一只，威风凛凛，令人敬畏。

神像的座椅包着黄金，上面雕着春、夏、冬三姐妹女神像，下面还雕有胜利女神像、妖精斯芬克斯像，还有月亮女神和太阳神杀死骄傲女神之女的故事。

宙斯神像建于公元前450年，到了公元前3世纪时，这尊珍贵的神像就毁坏了，装饰的黄金珍宝被盗窃一空，连正身的乌木也被盗卖到国外。

隔开爱琴海与希腊半岛遥望的小亚细亚半岛上，高筑着摩索拉斯的陵墓。

摩索拉斯是希腊城邦加利亚的国王。他在公元前395年建都哈利卡纳苏以后，立即下令动工兴建自己的陵墓。直到公元前353年国王死时，这个陵墓还未完工，由王后继续主持筑成。

这座陵墓规模宏大，呈四方形。长39米，宽33米，高50米。陵墓的台基很高，全用白色大理石砌成，雕饰十分华丽。台基上是一圈廊柱，共36根，气魄雄伟。再上面是一座金字塔式的墓顶。墓顶上还有国王摩索拉斯和皇后阿尔泰米兹乘坐的四驾马车塑像。像高4米，人物形象栩栩如生。

雕饰：雕刻并装饰。

摩索拉斯陵墓反映了古希腊精美的人像雕塑艺术，它在公元前262年被毁。后来有人发掘它的遗址，发现了墓内的甬道和地下的墓室，墓室里安放着国王的石棺。

离开摩索拉斯陵墓不远处，爱琴海还有一座建筑十分壮观的阿耳忒弥女神庙。

阿耳忒弥是希腊人十分尊敬的女神，她既是月亮的神，又是主管狩猎的神。当地原来有着一座女神庙，但简朴得出奇，只是在一棵空心的树干里放着一尊小塑像。公元前560年，位于小亚细亚半岛的希腊城邦以弗所的国王，为了纪念这位女神，新建了这座女神庙。

狩猎：打猎。

新建的女神庙长126米，宽65米。下面有10级台阶，四周围绕着127根柱子。每根柱子高23米，上面盖着长方形的大理石屋顶，看上去蔚为大观。庙前有3排石柱，每排8根；庙后有两排石柱，每排9根，都附有一人多高的金属基座。柱上精工雕战争摧毁了人类的许多文明成果。

刻着种种神话故事，具有很高的艺术欣赏价值。可惜这座女神庙已于公元前 3 世纪在战争中毁坏，我们现在已经无法看到它的真迹了。

从爱琴海往南，就是地中海。两海之间有一个罗德岛，岛上矗立着金光闪闪的太阳神巨像。

公元前 4 世纪时，罗德岛是地中海东部的一个繁忙的交通枢纽。那里不仅商业繁荣，雕刻艺术也很兴旺发达，可以说全岛处处有神像雕刻，据说其中巨型塑像就有 100 多尊。公元前 292 年，罗德岛人战胜了马其顿人，把在战争中缴获的武器熔化了，请希腊著名雕塑家卡瑞斯做成了太阳神像，以庆祝胜利。卡瑞斯整整做了 12 年，到公元前 280 年才完成这座巨大的金属塑像。

缴获：从战败的敌人或罪犯等那里取得（武器、凶，器等）。

这座太阳神像究竟是什么样子的呢？历来有两种说法。一种说它身高 32 米，两腿并立，站在大理石基座上，头戴光芒四射的金冠，右手高举火炬，双眼炯炯有神地眺望着大海。另一种说它身高 46 米，两腿分立，岿然跨峙在港口上空，来往船只都要在他胯下进进出出。产生不同说法的原因，是这座太阳神像的寿命太短了。塑成后只隔了半个世纪，就在地震中倒塌，断裂的金属块又给商人卖到外地去了。

炯（jiǒng）炯有神：形容目光明亮。

岿（kuī）然：高大独立的样子。

在地中海的南部，与希腊半岛遥遥相对的就是亚历山大城，港口有一座高耸云霄的灯塔，这就是著名的亚历山大港灯塔。

亚历山大城位于尼罗河西侧的地中海畔，是埃及最大的海港。海里有一个小岛，名叫法罗斯，它与亚历山大城之间筑了一条一公里长的大堤互相连接。希腊的马其顿人占领埃及以后，开始在法罗斯岛上建造一个灯塔。他们先后造了 20 年，到公元前 280 年才完工。从此，夜里在海上来往的航船，有了明确的航向。

这座灯塔高约 120 米，一共分为四层。下面是方形的底座，约高 70 米；第二层是八角形的塔墙，高 38 米，这两层都有窗子。第三层是圆塔，雕刻着半人半鱼的神像。最上一层是信号房，雕刻着一个威武雄壮、手持渔叉的海神像。整个灯塔有梯子直通顶部。

亚历山大港灯塔有两个特点。一是为了使大理石的塔身结构牢固，石缝全用熔铅粘合。二是为了使信号灯能被遥远的航船看到，在塔顶安置了一只大火炉，每天夜里燃烧起熊熊烈火，再用巨大的青铜镜反射，把火光射到50公里以外的海域。

亚历山大港灯塔是当时世界上最大的灯塔，一直使用了1600年左右。七大奇迹中，有六个是帝王花园、陵墓或祭神的偶像，只有亚历山大港灯塔，才是唯一造福于人民的建筑物。

“狼孩”与罗马城

每个民族、每个国家兴起的背后都会有着美丽的传说、耐人寻味的故事。罗马的故事更超乎寻常，它展示了动物与人的和谐关系，以及“母爱”的博大。

继希腊而称霸地中海的是罗马。古罗马的首都就是现在意大利的罗马城。当我们走进罗马博物馆时，可以看到一座很奇特的青铜像：一只母狼张嘴露牙，警惕的眼睛注视着前方，腹下有两个男婴儿，正咬着母狼的乳头吮奶。这座青铜像已经存在四百多年了，可是它所反映的却是遥远的古代传说。

故事大约发生在公元前 8 世纪。

那时，在意大利中部台伯河出海口附近，定居着一群从特洛伊流亡到这里来的人。台伯河两岸长满了树木，阳光灿烂，土地肥沃。人们在海岸处建立了一座城镇，名叫亚尔巴龙伽。

亚尔巴龙伽国王有个弟弟，名叫阿穆留斯。他生性残暴，野心很大，后来终于取代了他哥哥的统治。阿穆留斯掌权后，生怕他哥哥的后代会报仇，因此下令杀死了他的侄子，并且强迫侄女去作祭司。按照当时的规定，担任祭司是不能结婚的。阿穆留斯以为这样一来，就能绝他哥哥的后代，再也没人向他复仇了。

祭司（jìsī）：掌管祭祀的官员。

可是不久传来了一个可怕的消息：那个当祭司的侄女竟生了一对孪生儿子！阿穆留斯立即下令，把当祭司的侄女处死，并把两个婴孩扔到台伯河里去。

孪（luán）生：（两人）同一胎出生。

有个奴隶奉命扔孩子。他把孩子装在篮子里，来到一个名叫帕拉丁的山冈上。这时台伯河正在泛滥，河水不断上涨。奴隶把

泛滥（fànlàn）：江河湖泊的水溢出。

篮子放在山冈下的河岸上就走了。他想河水再涨高一些，就会把孩子冲进河里淹死。

河水果然汹涌地上涨了，可是孩子并未被冲走，因为篮子给长在河边的树枝挂住了。不久河水退去，孪生子从篮里落到地上，咿咿啊啊地啼哭起来。

这时，正巧一条母狼来到河边喝水。它听到哭叫声，便奔到孩子们身边。也真奇怪，母狼不仅没有伤害这对可怜的孪生子，而且慈爱地低下头来，用长长的舌头舐干了孩子的身体，并用自己的奶喂养了他们。

这件奇事被一位牧人发现了。他把这对孪生子带回家去抚养，还替他俩起了名字，一个叫罗慕路斯，一个叫勒莫。不久，这位牧人打听出来，这对孪生子正是被新国王处死的那个女祭司生的。为了保证孩子们的安全，他决定不泄露这个秘密。

泄露（xièlòu）：不应该让人知道的事情让人知道了。

兄弟俩长大后，每人练就一身好武艺，逐渐为人们所爱戴。牧人、流浪者甚至逃亡奴隶都纷纷投奔到他们这里来。有一次，他们和另一群牧人发生了冲突，勒莫被对方抓住，押送到一位老人那里。老人看到勒莫的英俊仪表，不禁大为惊讶，便好奇地问：

爱戴（àidài）：敬爱并且拥护。

“年轻人，能不能告诉我你的出身，以及你的父母是谁？”

勒莫见面前这位长者态度和蔼，不像要加害自己，便从容地说：“在这决定我生死的时刻，我可以告诉你，我和哥哥罗慕路斯是孪生兄弟，我们的出身非常神秘。据说我们一生下来就被扔给鸟兽，可是鸟兽不但不吃掉我们，反而养活了我们。当我们躺在大河边上的时候，母狼拿自己的奶来喂我们……”

和蔼（hé'ǎi）：态度温和，容易接近。

老人听了几乎昏厥过去，原来他就是被撵下台的亚尔巴龙伽国王。眼前这个漂亮的小伙子，竟是被自己残暴的弟弟下令扔到台伯河里去的外孙！他不禁扑上前去，紧紧搂住勒莫，哭着喊道：“我的孩子！我的孩子！”

昏厥（hūnjué）：因脑部贫血引起供氧不足而短时间失去知觉。

再说，养育孪生兄弟的牧人知道勒莫被抓以后，就把他俩出身的秘密原原本本地告诉了罗慕路斯。罗慕路斯听了，立即带着队伍向亚尔巴龙伽进发。他决心除掉阴险毒辣的阿穆留斯，为自己的母亲和舅父报仇。一路上，痛恨阿穆留斯的人们纷纷加入了他的队伍。在勒莫的配合下，起义的队伍终于杀死了阿穆留斯。兄弟俩把政权交还给了他们的外公。

孪生兄弟在完成了这番事业之后，并不打算留在外公那里。他们同聚集在他俩周围的许多人一起，决定建立一座新的城市。这座新城的地点，正是从前台伯河洪水退去时把他们留下的地方——帕拉丁山冈。

城壕（háo）：护城河。

但是，用谁的名字来命名新城呢？城壕从哪里开始呢？谁在这里统治呢？兄弟俩发生了争执。最后两人达成了协议：用飞来的鸟来卜问神的旨意。他俩各坐一方，等候吉兆。不一会儿，勒莫先看到6只飞翔的鹞子；但一会儿，在闪光和雷声中，有12只鹞子从罗慕路斯身边飞过。勒莫说神鸟先向他显现，他赢了；罗慕路斯却说他是统治者，因为从他身边飞过的神鸟数量多。这样一来，争执更激烈了。

鹞子（yàozi）：雀鹰的通称。

罗慕路斯开始挖掘环绕新城的城壕。勒莫不仅嘲笑他，而且跳过了罗慕路斯的壕沟和土堤。罗慕路斯再也忍受不住了，一怒之下杀死了自己的兄弟，他站在尸体上喊道："谁敢再越过我城市的城墙，就是这样的下场！"没有人敢来冒犯罗慕路斯，他成了新城的最高统治者。这座新城就用罗慕路斯的名字来命名，叫做罗马城。传说这件事发生在公元前753年4月21日，古罗马人把这一天作为开国的纪念日。

历史上往往会出现这种情况，为了争夺王位兄弟相残。

罗马逐渐发展起来，可是城里的妇女很少。为了增加人口，罗慕路斯一方面乐于接受逃亡者或从其他城市流放出来的人定居罗马，一方面派出人员到附近各部落去，请求他们把姑娘嫁到罗马来。可是邻近的部落都拒绝这个请求。

聪明的罗慕路斯决定使用计谋。他向邻近的部落宣布：不久罗马将要举行一次盛大的节庆，欢迎大家前来参加。节庆的日子终于来到了，城里一片欢腾。这一天，萨宾人的部落来的人特别多，而且多半带着妻女一起来。正当人们的注意力被奇妙的游戏

罗慕路斯的计谋如何？

吸引住的时候，罗慕路斯发出了一个预定的信号。顿时，罗马青年一个劲儿地冲进来宾群众，每人抓一个萨宾姑娘带回家去。萨宾人觉得受了奇耻大辱，他们怒气冲冲地退出罗马城，发誓一定要报复背信弃义的罗马人。就这样，罗马人和萨宾人之间开始了残杀。

萨宾人是一个尚武的部落。不久，在他们首领的率领下，大军逼近罗马城。就在城旁两个山冈的峡谷中，罗马人和萨宾人进行了一次决定性的会战。战斗是十分激烈的，成批的勇士在刀砍箭射之下倒在地上，战场上一片腥风血雨。

突然，出现了一个奇特的场面：在铿锵的刀剑声和嗖嗖的射箭声中，传来了妇女们尖厉的嚎哭声。接着，从山冈上奔来了无数以前被抢去的萨宾妇女。她们披头散发，泪流满面，怀里还抱着吃奶的婴儿。妇女们踉踉跄跄地冲到断杀着的勇士队伍中，苦苦哀求自己的父兄和丈夫停止残杀，不要使他们成为孤儿和寡妇。

罗马人和萨宾人手中的刀剑和弓箭掉到了地上。她们的出现感动了勇士们的心，终于使他们停止了残杀。双方的首领签订了和约。从此，这两个部落合而为一，世世代代居住在罗马城……

其实，最早的罗马城是通过联合、归并附近村落的方式而逐渐形成的。后来称为罗马的这块地方，位于台伯河左岸，离海约 25 公里。附近土壤肥沃，适宜种植各种谷物，便于发展畜牧业。约从公元前 10 世纪初，这里便出现了原始村落群。经过不断合并，到公元前 5 至 4 世纪，才建筑城墙，开辟广场，逐渐形成早期的罗马。上面讲的虽然是一个传说，却表达了罗马人民对自己历史的深厚感情，反映了罗马祖先创业的艰难，因而它长期流传在罗马人民之中。

腥风血雨：残酷屠杀的景象。

铿锵（kēng qiāng）：形容有节奏而响亮的声音。

踉踉跄跄（liàng liàngqiàng qiàng）：走路不稳。

如果所有的纷争都采取和平的方式该多好啊！

白鹅的功勋

大自然是由各种生物组成的有机整体，它们之间互相依存，互相协调。白鹅救国可能是一种巧合，但它却反映了人们对动物的喜爱与崇敬。

功勋：指对国家、人民做出的重大贡献，立下的特殊功劳。

一天上午，从罗马内城卡庇托林山冈上，缓缓走下一队祭神的行列。行列里出现一个饰有花环的木笼，笼子里有一只白鹅。它颈上戴有装饰华丽的项圈，身上还挂着彩带。人们一见白鹅，就欢呼起来，向它表示敬意。

罗马人为什么如此敬重白鹅呢？说来还有个关系到罗马存亡的故事呢。

在公元前 4 世纪末的时候，罗马已经相当强大了。它征服了意大利的中部，许多部落都承认它的统治。但是，在它西北部的高卢人，却不住地南侵。高卢人个子矮小，体格强壮，头发蓬乱，身穿绣花衣，颈带金项圈，作战十分勇敢，受了伤也不离开队伍。后来，他们向克鲁新城发动进攻。克鲁新城在罗马西北约 200 公里处，不久前与罗马订有盟约。他们抵挡不住高卢人的进攻，便向罗马告急。

罗马元老院得悉以后，派了三个使节去见高卢人的首领布林，希望他们退兵，但是遭到了拒绝。第二天，这三个使节违反了外交惯例，去帮助克鲁新攻打高卢人。其中的一个，还亲手杀死了高卢人的一个酋长。这就闯下了大祸。

酋长(qiúzhǎng)：部落的首领。

高卢首领布林立即挑选了几个身材高大的人作为使节，到罗马向元老院提出抗议，并要求把这三个罗马使节交给他们来惩治。罗马方面不仅拒绝了这个要求，而且把三个使节都选为下

惩治：惩办。

一年的军事保民官。这是一种人身不受侵犯的特殊官职，权力很大，甚至可以否决元老院或执政官的决定。布林认为这是对他的侮辱，便率领7万大军，向罗马发动进攻。

高卢人进军神速，在离罗马不远的一条小河——阿里河注入台伯河的地方，与迎击的罗马军队展开激战。高卢人骁勇善战，光着头猛烈冲锋，一下子就把罗马军队的左翼逼到河里。一部分罗马士兵狼狈地逃回城内，慌乱中连城门也忘了关闭。

骁勇善战(xiāo yǒngshànzhàn)：勇猛善战。

骄傲的罗马军队从来没有遭到过如此的惨败。后来，就把阿里河败绩的那一天——公元前 390 年 7 月 18 日，作为罗马的国耻日。

溃军退入城内后，一部分居民从另外的城门撤离到城外去，一部分军队和年轻的元老，决定坚守内城卡庇托林山冈的要塞，以待援兵。大约有 100 位年长的元老，不愿避到山冈上去。他们身穿节日的盛装，来到中心广场，坐在象牙圈椅上，准备以身殉城。

第二天，高卢人通过敞开着的城门，未受任何抵抗就进入了罗马城。街上空旷无人，家家门户紧闭，像一座死城。他们冲到中心广场，突然见到许多老头儿手持长长的圣杖，凝然不动地坐在椅子上。高卢人走到他们面前，他们中没有一个人站起来，也没有一个人改变脸色。这使高卢人很惊讶，以为这些老头儿都是雕像。有个高卢人小心翼翼地动了动一个元老的下巴，又拉了一下他长长的胡子，元老突然愤怒地举起圣杖打了这个高卢人的头。高卢人这才知道他是活人，一剑把他刺死。其他高卢人也把广场上的元老统统杀死。接着他们开始抢劫和焚烧，几天之内，罗马城成为一片烧焦了的瓦砾场。

空旷(kuàng)：地方广阔，没有树木、建筑物等。

为什么战争总要采取这种方式呢？

瓦砾(wǎlì)：破碎的砖头瓦片。

尽管高卢人攻进了罗马，可是他们始终未能全部占领它。因为城中之城——卡庇托林山冈还在罗马人手里。这座山冈陡峭险峻，一边是悬崖绝壁，易守难攻。高卢人在经过多次进攻失利以后，决定改变战略，实行长期围困，用饥饿来迫使罗马人投降。

卡庇托林山冈虽然被围，但是城外的援兵仍然在设法与山冈上的元老们取得联络。一位勇敢的青年在深夜摸到了山冈悬崖绝壁的一面。高卢人以为这里高不可攀，因此没有设防。而青年就冒着随时有可能坠下来的危险，爬上了峭壁。不幸，有几个高卢人偶然在峭壁下发现了青年攀登的痕迹。当天晚上，布林立即挑选了一些最敏捷、最勇敢的高卢人，准备循着青年攀登的路线，爬上悬崖，一举攻下山冈。

半夜，伸手不见五指，高卢人手拉着手，悄悄地攀上峭壁。山冈一片沉寂，不仅是卫兵，就是狗也没有发觉高卢人的动静。眼看高卢人就要爬到山顶了，突然，在万籁俱寂的夜空中，响起了“嘎——嘎——嘎——”的鹅叫声。这些鹅，是罗马人奉献给山上女神庙的。山冈上虽然食物很缺乏，但大家还是养着它们，当然也不可能喂得很饱。这些饥饿的白鹅变得很不安静而且容易受惊，一听到高卢人逼近的声音，就都惊叫起来。

万籁俱寂（wàn làijùjì）：形容一点儿声音也没有，非常寂静。

白鹅的惊叫声唤醒了退任执政官曼里。他一个箭步奔向悬崖，用盾牌把刚踏上山顶的第一个高卢人推到深渊里去了，接着用剑刺进了第二个高卢人的胸膛。倒下去的高卢人坠落时又摔倒了好几个人。这样就赢得了时间。听到白鹅叫声的罗马士兵纷纷赶来，用长矛、石头和投枪把高卢人打下深谷。山冈得救了。

白鹅的叫声救了罗马，你知道其中的原因吗？

黎明时分，山冈的守卫者们被召集起来。机智勇敢的曼里得到了一天的口粮和酒的奖赏，后来又荣获“卡庇托林的曼里”的光荣称号。至于昨夜负责警卫山冈的队长，则被判处死刑，从悬崖上扔了下去。

高卢人对卡庇托林山冈的围困持续了七个月。罗马人尽管受尽了各种折磨，但是始终坚守着山冈。后来高卢人自己也坚持不下去了，双方经过谈判，高卢人取得了一千斤黄金的赎金，撤离了罗马。

赎金（shújīn）：赎回抵押品或赎身所用的钱。

白鹅的叫声，使卡庇托林山冈傲然挺立，始终没有沦陷。从此，“白鹅拯救了罗马”成为罗马人的谚语。为了庆贺白鹅的功勋，每年在一定的日子里，罗马人庄严地抬着它游行，并且称它为“圣鹅”，热情地向它欢呼，以示敬意。

傲然（àorán）：坚强不屈的样子。

沦陷：（领土）为敌人占领；失陷。

悲惨的角斗奴

奴隶在奴隶社会中是完全没有地位的，他们连牲畜都不如，可以任意被买卖，甚至被残杀。罗马角斗奴的生活就更加悲惨。他们是在血泊中被浸染、毒害的一群人。

位于南爱琴海的一个小岛——提洛岛上，终年人群熙熙攘攘，非常热闹。这是罗马最大的奴隶市场，每天都有成千名奴隶从这里卖出，运往罗马各地。

熙熙攘攘（xīxīrǎngrǎng）：形容人来人往，非常热闹。

在一块沙地上，搭起了一排排平台。人口贩子把一群男女奴隶赶到台上。他们十几人一排，每人腿上涂着白粉，颈上挂着小牌子，上面写着他们的出身、年龄、技能，有的还写上价格。

贩子（fànzi）：往来各地贩卖东西的人。

一个红衣大汉走到平台边。他随意拍打着奴隶的胸脯，叫奴隶张开嘴，看看他的牙齿，又叫他们跑跑跳跳，伸伸手臂。最后开口问道："什么价钱？"

"啊，便宜，便宜，每口六个塔仑（古希腊重量单位和硬币的名称）。"人口贩子满脸堆笑地说。

"唔，太贵了，我去年买的撒丁人，还不到三个塔仑！"原来罗马远征军征服撒丁岛后，岛上大量居民被贱卖为奴隶。所以当时人把最不值钱的东西，都说成"像撒丁人一样便宜"。

"您是说撒丁人，可我这里是强壮的高卢人，高大的日耳曼人……况且，今年物价涨了，一头牛还要七个塔仑呢！"

从他们的讨价还价中，你是否有一些感悟呢？他们是怎样看待奴隶的？

经过一番讨价还价，最后总算成交了。

红衣大汉是贵族克拉苏的奴隶总管。克拉苏是罗马城里的大富翁，他一个人就有两万名奴隶。有了这么多的奴隶，为什么还要买呢？原来，从公元前3世纪上半叶起，角斗这种野蛮的娱乐

野蛮（yěmán）：蛮横、残暴。

传到了罗马。每逢节庆，都要举行角斗比赛。这些身强体壮的奴隶，就是被卖去充当角斗士的。他们经过训练后，就在大剧场或公开场所彼此角斗，或者与野兽搏斗，以流血牺牲为代价供奴隶主们寻欢作乐。有时一场角斗竟出场数百对角斗士和上千头猛兽。克拉苏为了炫耀自己的富有，准备在他的生日那天，举行一次盛大的夜间角斗表演，并要邀请全城所有富翁到场观赏。因此，早在一年以前，便派人到全国各奴隶市场挑选身强体壮的角斗士了。

红衣大汉这一回共挑了200个奴隶。他把奴隶们赶进船舱，吩咐立即起航。但忽然发现有个叫阿里的奴隶带着他弟弟逃跑了，于是又派人把两人抓回来。红衣大汉给他们颈上分别套了一副铁项圈，上面刻着“抓住我，不要让我逃跑”的字样，还有主人克拉苏的姓名，并且将他们分开看管起来。航途中，有一个奴隶生病了，红衣大汉说：“别着急，我给你治病。”船开到一个荒岛时，红衣大汉把病奴扔到岛上，说是那里有“医神”给他“治病”，其实是让毒蛇和凶猛的山鹰去咬死他。

为什么要这样对待奴隶呢？

新买来的角斗奴和原有的角斗奴，被送进了角斗训练所。在那里，角斗奴们在教练的严密监视下，整天练习刺杀、摔跤，夜间被关在彼此隔绝的囚笼里，以防他们逃跑或串联。

角斗表演的日期来到了。罗马城里巨大的圆形竞技场又修饰一新。这座宏伟的建筑物外部分为三层，周围环着列柱，里面可容纳观众5万人。表演处可灌水成湖，用来表演海战，因此又称为“水陆剧场”。它的残垣至今还保留在罗马城里。

残垣(cányuán)：残缺不全的墙壁。

这天夜里，月光皎洁，无数支火炬的光芒把场子照得通明。场内座无虚席。在看台的低下处，有一个高高的荣誉观客座，上面是元老和外国贵宾们的专座。稍远处是供骑士们坐的凳子。再向上是一排排阶梯形的、中间有过道的普通座位。最高处是妇女席。墙壁里装了喷射香水的管子。

皎洁(jiǎojié)：(月亮等)明亮而洁白。

克拉苏宣布竞技开始。在浓烟黑雾的松明火炬照耀下，两名角斗奴被拿着火棍的裁判打开镣铐，推进场内。他俩头戴盔甲帽、护面罩，身披护胸，手持盾牌。其中一个握着长剑，一个拿着匕首。手拿长剑的，正是那个曾经逃跑过的阿里。

“嗯，那拿长剑的身子挺长，他准能得胜！”

“拿匕首的那个也不矮。这一对身材差不多，我敢打赌是一场好角斗！”

观众们一见角斗奴出场，立即兴奋起来。年老的贵族指手画脚地评论着角斗士的身材、举止、装备和架势，有的果真打起赌来。

对于他们的兴奋，你能理解吗？

阿里和他的对手在场内对峙了一两分钟后，就开始了残酷的格斗。他们互相用盾牌护住身子，寻找机会，用手中的武器向对方刺去。突然，阿里被刺了一刀，鲜血从他肩部涌了出来。观众台上立即疯狂地大叫：“好，好！”“再来一刀，再来一刀！”阿里由于失血过多，开始支持不住了，渐渐向后退缩。对方一见，有些犹豫，但四周的喊声逼着他们同时向前。不一会儿，阿里又被刺了一刀。他倒在地上，但没有立即死去，他的对手也停止了进攻。

这时，台上的一个女巫站了起来，会场的目光顿时集中到了她的手上。现在将由她来决定斗败者的命运了。按照规定，如果这个女巫大拇指朝上，那么斗败者还可以保住残身；如果她大拇指朝下，斗败者就要当场被处死。这一回，也许是那女巫觉得这场格斗并不精彩，便将大拇指往下一指。在观众们的一片欢呼声中，阿里立即被杀死在被他的鲜血浸湿的场地上。随即，场里的裁判用烧得火红的铁棍在他身一烙，肌肉已经没有一点儿跳动，证明真的死了，这才把尸体拖走。

女巫真的非常残忍、冷酷。

尸体拖过胜利者的身边，忽然，面罩落了下来。那个斗胜者定睛一看，不觉大吃一惊，原来这正是他的哥哥阿里！他顿时眼前漆黑一片，几乎昏厥过去。这时，克拉苏又在宣布“再斗一次，看看他是不是真的英雄！”话音刚落，又一名角斗士来到了他跟前。阿里的弟弟面对哥哥血肉模糊的躯体，悲痛欲绝，未等对方举起长剑，就把匕首刺进了自己的胸膛……

昏厥（jué）：也叫晕厥。因脑部短暂缺血引起供氧不足而短时间失去知觉。

观看者的冷漠的确让人难以理解。

“狗熊，狗熊！”台上掀起一阵狂叫。克拉苏也觉得扫兴，立即吩咐把两具尸体拖走，命令角斗继续进行。

分组分队角斗开始了。先是十几个人、几十个人的集体格斗，最后是300对角斗奴的大决斗。在一片浓烟和火光的笼罩下，角斗士的惨叫声、呻吟声和观众台上的喊叫声汇成一片。场地上被鲜血染红了……

对这句话你如何理解？

角斗，是罗马奴隶主贵族最欣赏的一种野蛮而残酷的“娱乐”。角斗士是受迫害最深重、处境最悲惨的奴隶。然而，压迫愈深，反抗愈烈。从公元前2世纪起，罗马各地不断地爆发奴隶大起义。在角斗奴隶中，涌现出许多可歌可泣的英雄事迹，其中最著名的，要数斯巴达克起义了。

凯撒

在历史上出现过许多强大英勇的君主。凯撒就是其中一个让人闻之惊骇的人。有人说他残暴，有人说他骁勇，评价不一，但那都已成为过去。

茫茫的大海，一望无际。在平静的海面上，两艘三列桨的船舰渐渐逼近一艘两列桨的轻船。

“停桨！停桨！否则统统杀了你们!”三列桨船舰上的一个大汉高声喊道。

轻船停桨了。两艘追逐它的船靠上了它。十几个人手持刀剑长矛，跳上了轻船。显然，他们都是海盗。

海盗们搜查了全船，把值钱的东西全部搬上自己的船，随后才来对付他们的俘虏。俘虏中有个青年人，衣着华丽，举止高雅，一下子就引起了那个大汉的注意。

海盗的目的总是金钱，为此他们不惜付出沉重代价。

“哦，看来你不是个穷光蛋，”大汉挥舞着短剑喊道，“说吧，你准备拿多少钱来换取你的自由?”

青年人眼望大海，没有搭理。大汉把剑锋顶住他的胸部，恫吓了一会儿，然后向他提出支付一笔巨额赎金的数目。

恫吓(dònghè)：威吓；吓唬。

“这个数目不是太少了吗?”青年满不在乎地说，“你们至少应该为俘虏了我而获得比此多一倍的钱！好吧，我可以留下来当人质，让其他人去筹集这笔赎金。”

就这样，青年作为人质留在海盗那里。他根本不为自己的险恶处境担忧，每天朗读自己的诗篇；甚至要求，当他在说笑话、睡觉的时候，海盗们要保持安静。有一次，竟然冲着那个大汉说：

“我必须向你许愿：当我一旦得到自由，我就要马上逮捕你们，并且毫不迟疑地把你们全部处死！”

大汉哈哈大笑，以为这个青年疯了。

四十天过去了。海盗们终于取得了赎金，并实现了诺言，将青年释放。这位青年一得到自由，迅速装备了好几条船去追逐海盗。没过多少时日，就追上了海盗的船，夺回了赎金，并且如他所许的愿一样，处死了所有海盗。这位青年，就是古罗马共和国末期著名统帅和政治家凯撒。后来，西方帝王往往用他的名字，来作为自己的头衔。

凯撒为什么要这样做呢？

头衔：指官衔、学衔等称号。

凯撒出身于罗马的名门贵族，年轻时就渴望取得最高权力。一次，他和几个朋友经过一个贫穷的小村，有人开玩笑地说：“难道在这个小角落里会有人想争居首位吗？”凯撒听了严肃地说：“我宁可在这里当老大，而不愿在罗马当老二！”然而凯撒一开始在政治上并不得势。当时罗马的统治者是大独裁者苏拉。凯撒的妻子，偏偏是苏拉一个政敌的女儿。苏拉一再要凯撒和他妻子离婚，凯撒宁可逃离罗马，也不服从苏拉的命令。直到苏拉死后，凯撒才当选为大祭司，接着又当选为西班牙行省的总督。公元前60年，凯撒与曾经以残酷镇压斯巴达克起义而闻名的庞培和克拉苏结成了联盟。这就是罗马历史上有名的第一次“三头执政”。第二年，凯撒被选为执政官。又过了一年，凯撒在庞培的支持下，就任高卢行省的总督。

当时的高卢，大体上以阿尔卑斯山为界，分为山北的外高卢和山南的内高卢。外高卢即今法国、比利时等地；内高卢即今意大利北部。凯撒到任时高卢行省的管辖范围只是内高卢。为了扩大势力，掠夺财富和奴隶，凯撒决定征服高卢全境。

管辖：管理；统辖。

外高卢土地肥沃，出产丰富，但是那里的民族骁勇强悍，不好对付。他们不剪发，不剃须，把头发染成火红色，向后梳成一个高高的髻，作战时在上面戴着安装兽面的帽盔，看起来很可怕。高卢人许多房屋的栏栅上，都挂着风干了的被割下来的仇敌

髻(jì)：在头顶或脑后盘成各种形状的头发。

的头颅。这是房屋主人勇敢的标志。高卢人死后，他生前所有的东西，包括心爱的饰物、牲口乃至奴隶，都要一起焚毁。奉献给神明的各种宝物——金银首饰、贵重武器等，就放在空地上，尽管没人看管，可是谁也不敢擅自去摸一下。

头颅(lú)：人的头。

凯撒到达内高卢后，立即将势力渗入外高卢。他一方面武力讨伐，一方面唆使高卢各部落自相残杀。不到十年时间，他共征服了 300 个部落，占领了 800 多个城市，歼灭和俘虏了 200 万人，使高卢全境成为罗马的行省。

擅自：对不在自己的职权范围以内的事情自作主张。

唆使：指使或挑动别人去做坏事。

凯撒的胜利，引起了庞培的忌妒。这时克拉苏已经死去，庞培利用独任执政官的身份，颁布法律，不让凯撒延长高卢总督的任期。于是，凯撒和庞培的联盟分裂了。

公元前 49 年初，凯撒返师意大利，庞培逃离罗马。第二年的夏天，凯撒和庞培在希腊决战。凯撒击败了比他多一倍兵力的庞培。庞培乘船逃到埃及，但一上岸就被杀死了。

三年后，凯撒胜利返回意大利。在罗马举行了空前的凯旋仪式。游行队伍抬着 2800 多个金冠进入城市，这些金冠总重两万多磅。接着举行了规模宏大的步兵、骑兵和大象的战斗表演。罗马的广场和街道上，摆下了成千上万的桌子，让公民们大吃大喝。每个居民都收到一份丰盛的礼物，每个士兵都得到巨额的金钱犒赏。圆形剧场里安排了残酷的娱乐：几千角斗奴的格斗和大规模的斗兽。

犒(kào)赏：犒劳赏赐。

人民大会和元老院授予凯撒无比荣誉的称号：“祖国之父”。凯撒被宣布为终身独裁官、终身保民官以及为期十年的执政官。在广场上、神庙里竖起了他的雕像，他的头像被铸到钱币上。他的身体是神圣不可侵犯的。法令规定，他坐在黄金象牙的宝座上处理公务。罗马的每个城市，都必须在他历次取得胜利的日期举行庆典。最高行政长官在就职时，应该宣誓绝不反对凯撒的任何命令。元老院成员扩大到 900 人，这些成员全是拥护他的……这一切，都是罗马历史上没有过的，它意味着罗马的共和制度已经完全遭到了破坏。

真正的崇拜不应该是强行的，而是自愿的。

凯撒是靠平民的支持上台的。可是他一掌握了最高权力，就背弃了平民：大量减少免费获得面包的公民人数，取缔了工匠行会组织。此外，他还准备进行一次新的大规模的远征。所有这一切，都加速了他自己的灭亡。

取缔(qǔdì)：明令取消或禁止。

公元前44年3月15日，凯撒到元老院去开会。一个忠于他的人把有人要谋刺他的消息写在书板上，交到了他手里。可是他没有看就进入了议事厅，坐在自己的椅子上。一个刺客假装恳求他某件事，扯开他的紫袍，让他的脖子露出来。接着其他刺客用短剑向他刺去。最后他中了23剑，倒在庞培雕像的脚旁死去。

耶稣的传说

世界三大宗教之一——基督教的产生为世界人民带来了福音，使一些受苦受难的人找到了精神寄托。关于耶稣的传说一直非常盛行，纪念他的圣诞节、复活节已成了许多人的重大节日。

两千多年前，在地中海东岸一带的犹太人中间，流传着这样一个故事：

耶路撒冷城里有一个少女，名叫玛利亚。她已经订婚，但是没有出嫁就怀孕了。她的未婚夫约瑟很想解除这个婚约。一天夜里，约瑟做了一个梦。梦中，上帝的使者对他说：“玛利亚怀的孕，是受上帝圣灵感动得到的。她怀的是上帝的儿子，名叫耶稣，是来拯救世上百姓苦难的。”约瑟相信了这个梦，把玛利亚娶了过来，不久果然生了一个男孩，就取名耶稣。

你相信这种说法吗？

拯救（zhěng jiù）：救。

耶稣出生的那天，有一颗明亮的星星从天上落向耶路撒冷城。东方有几个博士看到以后，不觉高呼起来：“救世主基督降生到人间来了！”

原来，犹太人早有自己的宗教——犹太教。他们信奉上帝耶和华，相信世界是上帝在七天内创造出来的：第一天创造天、地和白天、黑夜；第二天创造空气和水；第三天创造树木、蔬菜和瓜果；第四天创造太阳、月亮和星星；第五天创造鱼、兽和各种动物；第六天按照上帝自己的模样，创造了人；第七天就休息。上帝看到人类苦难太多，准备派他的儿子——救世主基督来到人间，把人们从苦难中拯救出来。

博士们兴冲冲地到城里去向玛利亚祝贺。不料，这件事情被耶路撒冷的统治者知道了。他认为这件事是有人故意蛊惑人心。

蛊惑（gǔhuò）：毒害；迷惑。

为了彻底除掉产生这种传说的根源，竟然下令要把全城两岁以下的婴儿统统杀死。约瑟和玛利亚得知了这个消息，连夜抱了耶稣逃到埃及。

耶稣长大以后，走遍了中东各地。一天，他走到约旦河的边上，有一个名叫约翰的教士，一面口诵经文，一面把耶稣浸入水中，行了个洗礼。据说，受了洗礼，就是接受了上帝的圣灵。

耶稣受洗之后，又经受了种种考验，譬如要连续40天不吃不喝，等等，终于，他头上出现了一束巨大的光圈，百姓们都能在黑暗中清楚地看见他。从此，耶稣自称是上帝的儿子，到处传教，收了不少门徒。

和睦（hémù）：相处融洽友爱；不吵架。

跟随耶稣的人越来越多了，耶稣登上高山向他们训话："你们听着，凡是虚心的人都是幸福的，天国将属于他们；凡是和睦的人都是幸福的，他们将被称为上帝的儿子；凡是被人辱骂，被人欺凌的人都是幸福的，他们死后将在天上得到赏赐；凡是仇恨别人的人，一定会受到上帝的审判！"耶稣顿了一顿，强调地说，"你们还听着，要爱自己的仇敌，不要同恶人作对。有人打你的右脸，你就再把左脸送给他打；有人抢你的外衣，你就再把内衣给他拿去……"

在现实生活中这是很难做到的。

耶稣下了山，有一个麻风病人来朝拜他。耶稣伸手一摸，麻风病就好了。耶稣走到他的门徒彼得家里，看到他的岳母躺在床上发烧。耶稣伸手一摸，热度马上退了下去。

耶稣带了门徒去航海。忽然，大风大浪来了，海水冲上了船舷。眼看航船快要沉没了，门徒们都怕得要命。耶稣安慰他们说："不要怕！"他站起来痛骂了大风大浪一顿，海水马上平静下来了。

耶稣被人神化了，这反映了人们对他的爱戴。

一天，几千跟随耶稣的人没有饭吃。耶稣就拿了几个饼，用手一掰，一个变成两个。耶稣不停地掰，不停地分给众人吃。结果，几千人都吃饱了。剩下的碎饼，足足装了几篮子。

掰（bāi）：用手把东西分开或折断。

后来，耶稣带了12个门徒回到耶路撒冷，给人治病。据说不论什么病，耶稣一摸就好了。就是哑巴，耶稣也能使他开口讲话。耶稣还经常向人们传道，用种种比喻，劝说人们做好事。他说："不要贪财！富人死后是不能进天堂的，他们进天堂比骆驼想穿过针孔还难！"

耶稣在传教时，总要劝说人们信仰上帝。一天，耶稣指着一棵无花果树说："从今以后，你永远不结果子！"那棵无花果树立刻就枯萎了。人们看了都很奇怪。耶稣就教训说："只要你诚心信仰上帝，就有力量把一座山挪到海里去！"

枯萎（kūwěi）：干枯萎缩。

由于相信耶稣的人越来越多，耶稣遭到了官吏和祭司长的仇恨。他们想尽办法要杀死耶稣。这时，耶稣12门徒中有个名叫犹大的，到祭司长那里去问："如果我把耶稣交出来，你们给我多少钱？"司长马上给他30块银币。

那天晚上，耶稣和12门徒一起共进晚餐。耶稣说："有人出卖了我。"门徒们都很惊慌。做贼心虚的犹大故意问道："您说的是我吗？"耶稣说："你说得对！"犹大不安地低下了头，一声不响。

对于耶稣的生死问题，你如何评价？

第二天，耶稣和12门徒一道出去，正遇着祭司长和官吏带了好多拿着棍棒和大刀的打手走来。犹大向祭司长使了一个眼色，一把抱住了耶稣，表示要向耶稣请安，亲耶稣的嘴。这时，打手们一拥而上，抓住了耶稣。一个门徒马上拔出刀来反抗，一刀砍掉了打手的耳朵。耶稣连忙阻止说："不要动刀！凡是动刀的，将来一定要死在刀下！"这个门徒只好把刀插回鞘里。耶稣终于被抓走了。

耶稣被捕以后，受尽了打骂和侮辱。最后，被罗马帝国派驻该地的总督判处死刑。耶稣是被钉死在十字架上的。和他一道钉死的，还有两个强盗。

三天以后，耶稣复活了。人们都赶来朝拜他。耶稣对人们说："只要你们遵照我的吩咐去做，我永远会和你们在一起的。"

据说，耶稣复活的这一天，是在过春分月亮圆了之后的第一个星期日。这天就是现在基督教的“复活节”。之后，又把耶稣的生日（12月25日）作为“圣诞节”。

耶稣虽然是一个传说中的人物，但是，传说中耶稣出生的那一年，却普遍地作为纪年的标志。这就是现在世界各国通行的公元纪年法。

古城庞贝之谜

古城庞贝是罗马一个大的城邦，一场灾难使其成为了历史的废墟，它的挖掘再现了罗马的历史生活景象。

距今两千多年前，在罗马的东南部，有座名叫庞贝的古城。这座城市西临海水湛蓝的那不勒斯湾，北靠巍峨峻峭的维苏威火山，住着两万多居民。

公元 79 年 8 月 24 日，一场毁灭性的灾难降临到庞贝城。这天午后一点多钟，离城约十公里的维苏威火山突然喷发了。滚滚浓烟和无数火星从山顶腾空升起，剧烈的爆炸声接连不断。顷刻之间，天色昏暗，大地摇撼，连平静的那不勒斯湾也翻腾起汹涌的浪涛。那火星是被喷起的熔岩，落地时已凝固成石块。大量的石块和火山灰，把火山附近的地面全覆盖了起来。接着又下起暴雨，引起了山洪暴发。山洪挟带着无数石块和火山灰，形成一股巨大的泥流，向山下猛烈冲去。庞贝，这座建于公元前 6 世纪的古城，就这样整个地被埋没起来……

1000 多年过去了，庞贝城渐渐被人们遗忘。研究历史的学者只是在查阅罗马古书时，才知道有个庞贝城，但它的遗址到底在哪里，一直是个谜。

18 世纪初，意大利农民在维苏威火山西南八公里处修筑水渠时，从地下挖出了一些古罗马的钱币，以及经过雕琢的大理石碎块。1748 年，人们又在附近挖出一块石块，上面刻有“庞贝”的字样。原来它就在这里！古城庞贝之谜终于揭开了！

从 1860 年起，人们对庞贝城开始了有计划的挖掘工作。经

湛蓝（zhànlán）：深蓝。

巍峨（wēié）：形容山或建筑物的高大雄伟。

峻峭（jùnqiào）：形容山高而陡。

汹涌（xiōng yǒng）：（水）猛烈地向上涌或向前翻滚。

雕琢（diāozhuó）：雕刻（玉石）。

过两百多年断断续续的开掘，这座在地下沉睡了千年的罗马古城，大部分已经重见天日。现在，人们可以像当年进入庞贝城一样，漫步在宽敞平坦的大街上，领略这座古城的风光。

试评价这个古城的建筑风格。

庞贝城的面积约一平方公里，四周绕有石砌城墙，设有七个城门。城内纵横各有两条笔直的大街，使全城呈井字形，分成九个地区，每个地区又有小的街巷。大街上铺着10米宽的石板，两旁还有人行道；街巷的路面，则是用石块铺成的。每个十字路口都设有水池。水池全是石制的，上面饰有精致的雕像，里面储存着清澈的泉水。那泉水可来之不易。它是通过平地架起的渡槽，从城外山上引到城内最高处的一个水塔里，然后再流向各公用水池和富豪庭园喷泉池的。

城内最宏伟的建筑物，都集中在西南部一个长方形广场的四周。这里是庞贝政治、经济和宗教的中心。

广场的东南部，是庞贝城官府的所在地，有权势的人就在这里办公、议事。它的另一面是法院。这是一所两层楼的长方形建筑物，也是商人们订立贸易合同的场所。当地生产的葡萄酒、呢绒和玻璃制品，以及东方的香料、宝石，中国的丝绸，非洲的象牙，都在这里洽谈成交。

呢绒（níróng）：毛织品的统称。

广场的东北是商场。从发掘出来的情况看，当时这里的店铺鳞次栉比，商品琳琅满目，生意非常兴隆。开掘时，发现在一个水果铺的货架上，摆满了杏仁、栗子、无花果、胡桃、葡萄等果品，虽然经历了一千多年，但从外形上还能辨认出来。在一家药店的柜台上，发现了一盒药丸，已经变成细末，旁边有一根细小的圆药条。很显然，当时药剂师正在搓药丸，突然遭到灾难，因而弃之不顾了。当时的店铺往往兼作手工作坊。在一家面包房的烤炉里，发现了一块烤熟的面包，不仅保持着原来的外形，而且上面印着的面包商的名字还历历可见。

鳞次栉比（líncìzhìbǐ）：形容房屋等密集。

琳琅满目（línlángmǎnmù）：比喻各种美好的东西很多。（多指书籍或工艺品）。

在庞贝城的东南角，有两座规模宏大的公共建筑物——竞技场和大剧场。竞技场是城被埋前的九年建造的，约可容纳两万人，也就是可容纳将近全城的居民。

容纳：在固定的空间或范围内接受（人或事物）。

庞贝城内有许多富豪的住宅。这些建筑的大门，往往都有粗大的大理石圆柱和雕花的门楼。走廊和庭园里到处摆着天神和野兽的塑像。正厅、餐厅和卧室宽敞明亮，富丽堂皇，四周陈设着珍贵精美的白银和青铜制品。墙上绘有壁画，地板上饰有镶嵌画。在一家富户中，发现了一幅镶嵌画：马其顿的亚历山大王与波斯的大流士三世作战图。它生动地描写了公元前 333 年伊斯战役的一个场面。画宽 6.5 米，高 3.8 米，由 150 万块彩色玻璃和大理石片镶嵌而成。

镶嵌（xiāng qiàn）：把一物体嵌入另一物体内。

开掘庞贝城时，发现了许多悲惨受难的石膏像。当火山爆发时，城内约两千人所处的地方恰巧有空隙藏身，因而没有立即被砸死、压死，可是被尘埃封住，无法逃出。经过很长时间，人体腐烂了，火山的尘埃却形成了人体的模型。考古学家把石膏液灌进这种模型中，再现了受难者临终时的各种姿态神情：许多人用手掩面，一个母亲紧抱着哭泣的孩子，不少人趴在墙脚处挖洞，还有一群是用铁链锁着的角斗奴……

古城庞贝之谜的揭开，使人们完整地了解到公元前 1 世纪罗马帝国城市的真实情况。

查理大帝

如果说凯撒让人敬畏，那么查理大帝就让人恐惧。不仅是他的外表，连他的个性都让人生畏。但对于一个人的评价，不要太主观，一定要根据当时的历史去分析，这样才能公允。

峰峦(fēngluán)：山峰和山峦。

杳(yǎo)无人迹：远得看不到人的影子。

颀(qí)长：(身量)高。

抵御(dǐyù)：抵挡；抵抗。

公元 774 年的一天，一支庞大的法兰克军队越过阿尔卑斯山，向意大利北部的伦巴德王国进军。

阿尔卑斯山是欧洲最高大的山脉，山势雄伟高峻，峰峦终年积雪，山谷中全是冰川。军队要穿过那杳无人迹和高耸入云的山岩，确实是非常艰难的。

可是，对于统率这支大军的法兰克国王查理来说，这些艰难全不在话下。他才 32 岁，目光敏锐，身材颀长，躯体强壮，足以抵御阿尔卑斯山风雪的袭击。他浑身几乎是用铁紧裹起来的：头戴铁盔，手罩铁手套，胸膛、肩膀和大腿上披着铁甲。左手举一支铁矛，右手按在腰间的铁剑柄上。自然，连他骑的战马也是黑铁颜色的。整个军队的装备都尽可能地效法他，以至于山地上充满着铁的闪光。

法兰克王国是西欧蛮族诸国中最强的。在 5 世纪中叶，法兰克人就占领了西罗马帝国在高卢的最后领土。751 年，查理的父亲做了法兰克国王。768 年查理即位后，法兰克王国的国力，强大到了前所未有的程度。这次向伦巴德王国进军，是查理当国王后的第一次亲自出征。

说起来，伦巴德的国王，还是查理的岳父呢，那么，查理为什么要进攻自己岳父的国土呢？

原来，伦巴德人曾经多次进犯罗马，查理应罗马教皇的请求，曾派军队进攻过伦巴德。伦巴德人战败，查理就娶了伦巴德国王的女儿为妻。她当然不可能得到查理的恩宠。伦巴德国王非常恼怒，发誓要与查理对抗。查理决定乘机征服伦巴德王国，把意大利北部并入法兰克的疆域。

法兰克军队越过阿尔卑斯山，全速东进，很快就逼近了伦巴德都城巴威亚。

伦巴德国王从来没有见到过自己的女婿查理，听说他的军队逼近都城，就亲自登上一座高塔去眺望。陪同国王登塔的是法兰克的一位贵族，他因为曾经触怒过查理，才投奔到伦巴德来的。

眺望：从高处往远处看。

当法兰克军队远远出现的时候，国王问那个贵族："查理就在那里面吗？"

"不，"贵族摇摇头说，"那是查理的辎重马车。"

辎重（zīzhòng）：行军时由运输部队携带的军械、粮草、被服等物资。

"这么多！"国王惊愕地说。接着他看到了庞大的骑兵队，便满有把握地说道，"查理一定在这支队伍中了吧。"

"不，还不是。"

国王听了惊恐万状："啊，难道他还带有更庞大的队伍？他究竟在哪里？我们该怎么办？"

"等他来到的时候，您就会看见他在哪里。我也没法说该怎么办。"

就在他们交谈的时候，查理的亲随人员进入了他们的视线。国王见到那密集而又整齐的队伍，惶恐地喊道："上帝啊，查理来啦！"

可是那个贵族仍然加以否定："不，还不是，那是他的主教、修道院院长和宫廷教士的队伍。陛下，当你见到田野里密布一片铁的庄稼，河水由于铁的闪光而泛出黑色，那才是查理真正出现了。"

你相信这样的话吗？人们把查理神化了。

话音刚落，从西边卷来一片乌云，明朗的白天霎时变成可怕的昏暗；而当查理的军队更逼近的时刻，兵刃的闪光又将昏暗变为白昼。可是对伦巴德国王和他的守军来说，这个白昼比黑夜还要昏暗得多！

"您盼望的查理就在那里！"贵族说完，拉着发呆的国王疾速地走下塔去。国王在惊骇中不住吩咐部下："紧闭城门！紧闭城门！"

惊骇(jīnghài)：惊慌害怕。

查理见巴威亚城紧闭门户，笑了笑对随从人员说："好吧，今天我们就不进城吧。不过，为了免得人家指责我们懒散地度过这一天，我要求你们立即为自己修建一间小小的祈祷室；要是他们不早些为我们打开城门的话，我们可以在这里虔诚地礼拜上帝！"

查理的话刚讲完，他的部下立即奔向四方，收集石块、石灰、木头和涂料，交给那些一直跟随着查理的熟练的工匠。就在几个小时之内，他们修起了一座墙壁、屋顶俱全，而且有带格子的天花板和壁画等装饰的礼拜堂。

这样的速度不可能实现，这种写法是为了突出查理的神勇。

第二天黎明，伦巴德国王在城头上惊奇地看到，一夜之间，在他城前神话似的出现了一座雄伟的礼拜堂。而据他估算，至少要用一年时间才能把它修造起来。他不得不向自己的女婿查理国王投降，并且接受了自己终生放逐的条件，让查理的儿子充当伦巴德王国的总督。就这样，意大利北部纳入了法兰克王国的版图。

不久，查理又南侵西班牙。在法兰克和西班牙之间，隔着一道高峻狭长的比利牛斯山脉。778 年，查理的军队顺利地越过这道山脉，向西南进军，但随即遭到西班牙人的猛烈反抗，不得不把军队撤回。在回师途中，一支后卫队在通过比利牛斯山的朗塞瓦尔峡谷时，遭到了当地人的袭击。这一带森林广阔而茂密，非常适合埋伏。当后卫队排成长列通过隘口时，夜幕已降。当地人在夜色的掩护下，勇猛地冲下山谷，把后卫队的官兵几乎杀得一个不留，随后夺取了辎重，飞快地撤离战场。在这次奇袭中，查理手下的一名将官罗兰侯爵战死。这次战事，后来被文学家加工成为一部著名的史诗，即法兰西最早的民族史诗《罗兰之歌》。

隘(ài)口：狭隘的山口。

23 年后，热衷于扩张领土的查理国王，又一次越过比利牛斯山远征西班牙，终于吞并了山南广大地域，并任命自己另一个儿子为该地的总督。

查理一生中发动侵略战争时间最长的一次，是对北方撒克逊人的征服。他以传播基督教为借口，从772年起，前后发动八次进攻，时间长达33年。在这期间，撒克逊人爆发了起义，法兰克的许多将官、伯爵和基督教传教士被杀。查理采取极端残忍的手段，将4500名撒克逊的人质全部处死。他还命令部下，所有撒克逊的儿童都要用刀剑来量过，要是超过了尺寸，就把头颅砍掉。804年，撒克逊人终于被征服，作了法兰克国王的臣民。

查理为什么这么善战呢？为什么这么残忍？

随着法兰克王国版图的日益扩张，查理对国王的称号已经不再感到满足了。799年，罗马贵族反对教皇立奥三世，砍伤了他的眼睛。教皇乞求查理救援。查理马上率军奔赴罗马。罗马的贵族望风而逃，但是，他们很快全被查理抓住。在教皇的请求下，查理将这些贵族处以死刑，或者禁锢终生。

奔赴(bēnfù)：奔向(一定目的地)。

禁锢(jìngù)：关押，监禁。

800年圣诞节那天，罗马的圣彼得大教堂灯火辉煌，装饰一新。为了报答查理，立奥三世教皇在这里为查理加冕，称他为“罗马人皇帝”。从此，法兰克王国成为“查理帝国”，查理国王变成了“查理大帝”。

查理在统治法兰克的47年间，用武力使国家的版图几乎扩大了一倍。现在的法国、德国、意大利、南斯拉夫、西班牙等国的许多领土，当时都属查理大帝的帝国所管辖。不过，由于帝国没有统一的经济基础，加上连年出征，农民负担很重，各地反抗频繁，封建大领主不再服从皇帝统治。传到第三代，三个孙子之间发生内战，帝国更趋分裂。到843年，各方才缔结和约，将帝国一分为三。后来，这三部分疆土又有一些变动。到9世纪末，查理帝国的旧境上分布着三个主要的王国：一个是西法兰克，即法兰西王国；一个是东法兰克，即德意志王国；还有一个是意大利王国。近代西欧三个主要国家——法国、德国、意大利的疆域，就是在那时开始形成的。

频繁(pínfán)：(次数)多。

奇特的皇帝

提到皇帝，我们马上会想到头戴皇冠、生活奢华的人。而本文的“皇帝”却非常奇怪，他们就是基督教的首领——教皇。

在封建社会，人们往往把代表最高权力的皇帝和国王比作太阳。但是，在中世纪的西欧，人们却说皇帝、国王只不过是月亮，在他们之上还有一个更高的权威，那就是教皇。教皇才配得上称为太阳。

你了解教皇的权威了吗？

教皇是基督教会的首脑。教会本来只是管理宗教事务的团体。在罗马帝国的后期，由于基督教已经传遍全国，教会也就按帝国的行政区划分成教区。首都罗马的教区地位最高，它的教长就称为教皇。到了封建社会初期，罗马教皇得到法兰克王国国王的保护，建立了“教皇国”，他的地位就更加强了。那时候，各个王国兴衰交替，局势相当混乱，只有教会组织在各国、各地还统一受罗马教皇的指挥，再加上各民族都信奉基督教，教会在群众中影响很大。这就使得教皇能够向封建主施加压力和争权夺利。

教皇在宗教中至高无上的地位，更是他要取得最高权力的根据。基督教的传说曾把耶稣最重要的门徒彼得当做教会的首领和第一个教皇。据说耶稣把象征统治世界的钥匙交给了彼得，并且告诉他说：“凡你在地上所捆绑的，天上也要捆绑，凡你在地上所释放的，天上也要释放。”既然每一个信教的人都必须绝对服从耶稣的话，这些传说也就变成了人人必须遵守的金科玉律。

金科玉律：比喻不能变更的信条或法律条文。

由于种种原因，罗马教皇变成了一个太上皇：国王登位、加冕要由他来主持；和国王同行的时候，教皇骑马，国王只能步行；接见的时候，教皇坐着，国王要屈膝敬礼；教皇被比作太阳，国王是月亮——月亮的光来自太阳，国王的权力来自教皇。这个奇特的皇帝，通过他任命的各地的主教，管理着许多教堂、修道院和神学院。他们霸占着当地最好、最多的土地，拥有最大量的财富。在中世纪的欧洲，无论到什么地方人们都会发现，城镇村庄中最高的建筑是教堂的尖塔，最宏伟的殿堂是主教的大教堂。

教会在各个国家都拥有全国三分之一左右的土地，残酷剥削着在这些土地上劳动的农奴。它还要向各国居民收取“什一税”（每人收入的十分之一交给教会）和种种临时摊派的捐赠。

摊派：叫众人或各地区、各单位分担（捐款、任务等）。

那时候，不但只准许教士识字读书，而且只准许符合教会教条的文化知识传播。基督教的《圣经》是最高的真理。文学、艺术、哲学、法律，都得为教会和神学服务。一个人从出生、成年、结婚一直到老死，处处都得接受教会的管理和控制，违背教规就会寸步难行。教会有自己的监狱和残酷的刑罚，还用“开除出教”的办法对付一切反抗者。一个人被开除了教籍，他的一切社会地位和社会关系便失掉了教会的承认，也就失掉了一切保障。这种惩罚，不仅可以使一般老百姓家破人亡，就连国王、皇帝也怕它三分。卡诺莎雪地求饶就是一个著名的例子。

那是在 1077 年 1 月。当时，德国皇帝亨利和教皇格里哥利争权夺利的斗争发展到了势不两立的地步。亨利召开了一个宗教会议，纠集附和他的主教们向教皇造反，宣布废黜格里哥利的教皇职位。谁知格里哥利更厉害，他在罗马的拉特兰诺宫召开了一个全基督教会的会议，宣布驱逐亨利出教，不仅要德国人反对亨利，也在其他国家掀起了一阵反亨利的浪潮。亨利眼看形势不妙，不得不暂时妥协。他极力向教皇请罪忏悔，格里哥利却不理睬他。亨利没有办法，只得在教皇出行时住下的卡诺莎城堡外跪地求饶。当时大雪纷飞，天气很冷。这位皇帝屈膝脱帽，身着麻衣，一直在雪地上跪了三天三夜，教皇才开门相迎，饶恕了他。

废黜（chù）：罢免；革除（官职）。

妥协：用让步的方法避免冲突或争执。

饶恕：免予责罚。

不过，亨利这样做也是别有用心的。他想利用苦肉计取得和解，赢得喘息的时间，以便重整旗鼓，再和教皇较量。所以当他恢复了教籍，保住帝位以后，又反过来进攻罗马，终于使格里哥利弃城逃亡，最后死在他乡。但是，卡诺莎雪地求饶这件事仍然显示了教皇的威力。

世袭：指帝位、爵位等世代相传。

教皇是由教会的主教们选举产生的，教会的财产也不归私人占有和世袭。因此，只要有信教的人存在，教皇、教会就存在。教皇和教会在中世纪始终不断地发展，成为欧洲封建社会的主要支柱和最大的封建主，同时也就成为了人民反封建斗争首先要打击的目标。在整个中世纪，农民起义的矛头都是对着政府和教会的。反对教会的斗争，还表现在群众中兴起和流传的一些新教派。这些教派也主张信仰上帝，但是强调信徒之间的平等互助，批判教会的统治和封建秩序。到了中世纪后期，刚刚兴起的资产阶级，为了求得自己的解放，也举起了反教会的旗帜。不过，当资产阶级建立了自己的统治以后，就转过来利用宗教和教会为它服务了。直到现在，世界上还有不少的基督教派和教徒；在罗马城的梵蒂冈，还生活着一个高高在上的教皇。不过，今天教皇的权力只限于管理宗教，早已失去了在中世纪时那种主宰一切的威风了。

主宰：支配；统治；掌握。

新宗教的诞生

世界上三大宗教中的佛教、基督教，前面已经提过。本文讲述的是伊斯兰教产生及其发展的一般过程。通过这些，希望你能对宗教有一个全面的认识。

拜占庭的东南方，是阿拉伯半岛。

在622年（中国唐朝的时候）7月的一个夜晚，阿拉伯半岛上靠近红海的麦加城一片寂静。这个原来相当繁荣的沙漠城市，由于多年来战乱不停，商路堵塞，现在已经荒凉了。到了晚上，所有的人都停止了活动，全城显得死气沉沉的。这天晚上，虽然城市仍像平时那样安静，城墙的一角却有几个人偷偷地在活动。城墙外也有一些人牵着骆驼，等待着什么……

堵塞(dǔsè)：阻塞（洞穴、通道）使不通。

他们是一伙走私贩子、还是马贼夜盗？不，都不是。他们是一批新宗教的狂热信徒。别看现在只有十来个人，他们这次跳墙逃跑的行动却要在世界历史上用大字记载下来。因为，从这时开始，一种新的宗教——伊斯兰教就要在世界上迅速发展起来了。

那几个从屋顶爬上棕榈树、翻过城墙、骑上骆驼逃跑的人，就是伊斯兰教的创立者穆罕默德和他最忠实的信徒。穆罕默德最初只是一个放羊的牧童，由于他常到开过饭铺的伯父家走动，又跟着商人到过国外，因此成了一个经历多、见识广的人。当时整个阿拉伯半岛还十分落后。各个民族、部落都有自己的宗教仪式，经常为了牲畜和水草、土地你争我夺，打个不停。一些贵族占有了越来越多的草地、沃土、牲畜，并且把战争中的俘虏变成

很多成功的人都是从小人物做起的。

奴隶，残暴地压迫他们。广大群众迫切希望改变分裂和贫穷的状况，找到一条新的出路。

穆罕默德从青年时代起，就喜欢思考宗教问题。他到外地游历，又接触到了犹太教、基督教。这就使他产生了一个很新奇的想法：只有一种新的、更能吸引人的宗教，才能把阿拉伯统一起来，使它变得强盛、繁荣。

带着这种愿望，他在40岁以后就离开了家园，跑到荒漠深山里隐居起来，专心致志地苦思冥想，要建立一种和阿拉伯人的氏族崇拜完全不同的新宗教。有一天，他带着极大的信心回到城里，向人们宣传说，一位天使来到他隐居的山洞，告诉他要用真主的名义传道，号召世人皈依真主。于是他开始在大街小巷和商队里、市场上宣传他的新宗教。一个牧童就这样成为新教的教主了。

苦思冥想(kǔ sīmíngxiǎng)：深沉地思索。

皈依(guīyī)：归顺依附。

穆罕默德的教义简单明了。他认为，天上只有一个神，名字叫安拉，人人都应该信仰安拉。每次开始传教，他总是讲同样一句话："除独一的安拉以外，别无主宰。穆罕默德是安拉的使者！"信安拉的人可以上天堂，不信安拉的人就只能下地狱。信徒必须响应先知（受神的启示，传达神的旨意，能够预言未来的人）的号召，为信仰的胜利而斗争。这个新宗教名叫"伊斯兰"，就是"顺从"的意思；信教的人称为"穆斯林"，意思就是信仰安拉、服从先知的人。新宗教欢迎各种人入教。不过它最初的信徒主要是搬运夫、骆驼夫、小商小贩、奴隶等贫苦居民。由于伊斯兰教打破了氏族和部落的界限，强调内部团结，一致对外，很快就发展成为一支强大的力量。

这就是伊斯兰教受欢迎的原因所在吧！它赢得了下层民众。

麦加城当时是阿拉伯半岛的经济、交通中心，又是宗教的"圣地"。城里有一座克尔白古庙，里面保存着一块黑色的陨石，被阿拉伯人说成是神物。穆罕默德要在这里宣传新宗教，那些富商豪们当然不答应。他们想用威逼利诱的办法叫穆罕默德停止传教，但没有成功，就决定对他下毒手。正是在这种情形下，才上演了那幕深夜潜逃的险剧。从此以后，新教派和麦加的统治者公

陨石(yǔnshí)：含石质较多或全部为石质的陨星。

开决裂。后人都把穆罕默德的这次出走作为伊斯兰教正式诞生的标志，伊斯兰教的纪元也从这一年开始。

穆罕默德逃出麦加以后，在离麦加不远的叶斯里卜建立了自己的政权。这个城市以后就改名为麦地那（意思是先知之城）。麦地那的居民以农民和手工业者为主，他们都热烈欢迎和拥护穆罕默德。各地群众也纷纷前来入教，穆斯林的队伍迅速扩大起来。到了630年，穆罕默德手下已有十万兵众，可以和麦加进行较量了。

穆罕默德不断向自己的信徒和部下宣传：为伊斯兰教而战，就是为真主而战；凡是在战场牺牲的人都能直接升入天堂，他的一切罪过都可以得到赦免。这些话果然激起了士兵们昂扬的斗志。当他率领部队直捣麦加的时候，麦加人很快就被打垮，城里的富商急忙出来投降。从此以后，麦加也成为伊斯兰教的圣城。那古老的克尔白神庙就变成了穆斯林朝圣和礼拜的中心，称为清真寺。由于穆罕默德对麦加人相当宽大，商人的利益得到了很好的照顾，他们也就变成了新教的支持者了。

赦免(shèmiǎn)：依法定程序减轻或免除对罪犯的刑罚。

占领麦加以后，伊斯兰教成为阿拉伯半岛最强大的精神统治力量，穆罕默德成了事实上的最高统治者。仅仅一两年时间，半岛上的许多部落都皈依了新教，少数反抗的人遭到了镇压。穆罕默德632年死后不久，阿拉伯的军队就举着伊斯兰教的旗帜，去攻打亚、非、欧三洲的大片地区。

镇压：用强力压制不许进行活动（多用于政治）。

那时候，阿拉伯附近的两大强国——伊朗和拜占庭，由于长期交战，已经两败俱伤。阿拉伯军队乘机在636年大败拜占庭军队，取得了叙利亚、巴勒斯坦、耶路撒冷城以及富庶的埃及，后来又灭亡了伊朗的萨桑王朝。打败这两大强国，阿拉伯人就成了东方的霸主。到8世纪初，它不但占有了整个中东、北非地区，西边还进入了欧洲的西班牙，东边达到了中央亚细亚，接近了我国唐朝的边疆。横跨亚、非、欧三洲的阿拉伯帝国，在这片地区统治了好几百年。

两败俱伤：争斗的双方都受到损失。

这期间，伊斯兰教传遍各地，成为世界三大宗教之一；阿拉伯的科学文化也高度繁荣起来，产生了像《一千零一夜》那样的文学名著。直到今天，从亚洲的印度尼西亚、巴基斯坦到非洲的阿尔及利亚、摩洛哥，还存在着好几十个伊斯兰国家。在穆罕默德的故乡麦加，每年都有成千上万的人从各地前来朝圣。作为伊斯兰教经文的《古兰经》(也有叫《可兰经》的。里面记录了穆罕默德的宗教信条、主张和传教时的斗争，还有些传说故事)，也被人们广泛流传。“伊斯兰”成了世界上一支不可忽视的力量。

试着了解一下伊斯兰教的教义。

贞德殉国

也许很多人认为世界是男人打下的，因为有凯撒、查理这样勇猛的国王。但拯救国家的往往也会有一些女性。贞德就是一位巾帼不让须眉的英雄人物。

世界历史上时间最长的一次战争，就是英法两国之间的“百年战争”。它从1337年开始，到1453年才结束（中国元末明初的时候），持续了116年。法国女英雄贞德孤军奋战、拯救祖国的故事，就发生在这次战争中。

那是在百年战争的末期。当时法国的处境十分危险，国土十之八九已经被英国占领。特别严重的是，国内贵族分成两派，争权夺利，互相残杀。其中一派名叫勃艮第党，勾结英国人，反对法王，阴谋分裂国家。眼看法国就要葬送在国内外的敌人手里，人民忧心如焚，纷纷起来反抗英军。

艮(gèn)姓。

忧心如焚(yōu xīnrúfén)：忧愁的心里像火烧火燎一样。

贞德是一个平平常常的农家少女，住在法国东部杜米列村。她的父亲是个贫苦农民，种着几亩薄田，养着几只山羊。贞德从小就帮父母干活，根本没有机会念书，连最简单的字母都不认识。但是，国家的危急和各地人民保卫祖国的消息使她异常激动；特别是她的家乡流传着一个少女将出来振兴国家的宗教传说，更使她觉得，即便是一个女孩子，也有责任拯救祖国。1429年年初，当她17岁的时候，英军围困了巴黎南面的奥尔良城。这是法国南北交通的战略重镇，一旦失守，南方就可能全部失陷。消息传来，贞德感到这正是自己为祖国献身的时刻。她一再请求她的父母和叔叔带她去见当地的法军队长。叔叔为她的热忱所感动，跑去和队长商量。那军官却把她的叔叔骂了一顿，说小

是传说，还是性格的原因让贞德成为拯救祖国的英雄？

气馁（něi）：失掉勇气。

孩参军打仗，是千古奇谈。贞德毫不气馁，又一再恳求，终于来到了军官面前。

“你这个黄毛丫头，连怎样戴头盔都不知道，怎么能上战场呢？”军官问她。

“我有决心和勇气，我能学会战斗。”贞德以坚定的口气回答。

“你一个人怎么和英国军队作战呢？”

“我有祖国和人民，还有国王。我要先解救奥尔良城，然后让国王正式加冕。”原来，法国国王登基以后，按照惯例，应该在兰斯城大教堂举行加冕礼，才算是全国公认的正式君主。这时的国王查理七世还没有机会举行这个大典，他的地位就不稳固，英国人和勃艮第党就可以以此作为借口来分裂法国。贞德的这一番话，使军官大吃一惊。他发现面前这个农村少女，不仅非常勇敢，而且很有见识和胆略，就同意派七名士兵陪她去见国王。乡亲们非常高兴，为她准备了马匹和军装。看到她骑在马上那神气的样子，谁能相信她几天前还是一个普通的牧羊女呢！“她将挽救祖国”的传说很快就在广大地区传开。人民对她非常爱护，处处保护她。贞德这一小队人马，只用 11 天就通过了几百里的艰险路程，到达了国王驻地。

胆略：勇气和智谋。

庸碌（yōnglù）：形容人平庸没有志气，没有作为。

查理七世是个庸碌无能的人，在危急的形势面前束手无策，贞德的到来总算是给他带来了一线希望。然而，极端顽固的阶级偏见又使他根本不相信这个农村少女。他首先让自己手下的博士们考一考她，然后才决定是否接见。贞德像在故乡的法军队长面前那样，再一次向博士们娓娓动人地阐述了自己的决心和计划。

娓（wěi）娓动人：形容谈论不倦或说话动听。

“你能拿出什么令人信服的证据吗？”博士们问道。

“我来这里不是为了证明，”贞德斩钉截铁地回答，“给我军队，打下了奥尔良，那就是证明！”

斩钉截铁：形容说话办事坚决果断，毫不犹豫。

博士们又用许多书本上的问题来问她。

“你们在浪费时间！”贞德气愤地喊起来。“我连 ABC 都不知道，我只知道要拯救祖国和人民，我要的是战斗！”

博士们被贞德坚不可摧的意志感动了，他们给了国王肯定的答复。国王接见了贞德，同意了她的战斗计划。这样，经过两个月的奋斗，贞德终于带着部队奔向奥尔良城去了。

贞德的武器只有一把剑和一面旗帜。她说："我爱我的旗帜四十倍于我的剑。"在战斗中，她总是高举旗帜，冲在队伍的最前面。这种奇特的战术产生了惊人的效果：她和她的旗帜在哪里出现，法国士兵就奋不顾身地跟上去，战斗得非常英勇，几乎每次交锋都能取得胜利。

奋不顾身：奋勇直前，不顾生命。

当时，法军在奥尔良城内还有一支守城部队，但英军已把全城团团围住，而且沿着罗亚尔河法军增援的路线，构筑了一系列堡垒。贞德的部队必须一个一个地夺取这些堡垒，才能来到奥尔良城下。五月末的一天，贞德率领部队攻击一座很坚固的堡垒。她像往常一样冲在最前面，不幸胸部中了一箭，血流如注。从早晨打到傍晚，法军士兵伤亡很大，堡垒还是没有攻下来。有人提议后撤，贞德不答应。她劝士兵们稍事休息，自己一个人退到灌木林中祈祷。不一会儿，只见她的旗帜又从灌木林中高高举起。她像出弦的箭一样向敌人堡垒猛冲过去，全体士兵立刻喊声震天地扑向敌人，终于取得了胜利。

堡垒：在重要地点作防守用的坚固建筑物。

经过无数次战斗，贞德和她的部队来到了奥尔良城下。守城的法军却不肯开城迎接。原来，城里和外界长期断绝消息，守军不敢相信贞德这个女孩子居然能带兵打败英军，有人甚至认为她是妖怪巫女。贞德也不申辩，她巡视一周，看到城的另一边还有一座最坚固的英军堡垒，便指挥法军立即攻击敌堡。她首先越过深壕，架起梯子爬上敌堡，但受了伤，摔了下来。不一会儿，她又高举战旗冲上去，法军士兵也跟着对敌人发动猛攻。守城的官兵亲眼看到这一切，大为感动，立即开门出击，前后夹攻敌人，很快就把这个最硬的钉子拔掉了。奥尔良解围了，全城人民欣喜若狂，教堂的钟声响彻云霄，人们整夜唱着胜利的赞美歌。捷报传开，整个法国也欢腾起来了。

申辩：（对受人指责的事）申述理由，加以辩解。

奥尔良大捷以后，贞德的救国计划还有一半没完成：她要保护国王来到兰斯城举行加冕礼。可是，国王住在法国中部的罗亚尔河，兰斯城却在法国东北部，相距好几百里。中间大片地区被英军占领，沿途有好几座设防坚固的城市在英国人手里，甚至连兰斯城都在英军控制之下。去举行加冕实际上就等于举行一次远征。查理七世左右的大臣、将军都不敢让他贸然出行。可是，在贞德的一再坚持下，国王终于同意了。贞德率领部队冲杀在前，一路往前打去，连战连胜，终于在七月中旬胜利进入兰斯城。接着，就在大教堂举行了查理七世的加冕礼。她像战斗的时候一样，举着战旗站在国王身边，目睹着大典的举行……

贸然：轻率地；不加考虑地。

典礼结束了，贞德对来到兰斯城参加加冕礼的父母亲和叔叔说："照我的本心，现在我就想回家去牧羊了，可是敌人还没有完全退走，我还得继续战斗！"然而她没料到，加冕以后的查理七世，自以为根基已稳，对贞德就不那么信任了。他手下的大臣、将军更是嫉妒贞德，怕她夺走他们的权位。结果，贞德在法国北部继续作战的时候，竟遭到这些人的暗算。1430 年春，她在康边城外和英军、勃艮第党人作战。当她回城的时候，守城军官抢先关门，使她在城门外被勃艮第党人俘虏了。勃艮第党人以一万金币的价格把她卖给英军。查理七世竟然坐视不救。贞德在英军中被囚一年，受尽迫害，始终不屈服。1431 年 5 月，英军给她找了个"女巫"的罪名，在卢昂城用火刑把她处死。当烈火在她脚下燃烧起来的时候，人们听到了英雄坚强的声音："我永远相信我的事业是正义的！"她死的时候只有 19 岁。

暗算：暗中图谋伤害或陷害。

贞德虽然牺牲了，但法国人民抗击英军的怒潮却不可遏止，当 1453 年百年战争结束的时候，英军已经被迫全部退出法国领土。贞德拯救祖国的宏愿终于实现了。

怒潮：汹涌澎湃的浪潮，比喻声势浩大的反抗运动。

哥伦布发现新大陆

要想摆脱愚昧，开阔眼界，必须勇于实践、大胆走出。哥伦布发现新大陆是偶然更是必然，是他执著的信念成就了他的事业。

1451年，哥伦布出生在意大利的热那亚城。那时，航海探险的热潮正在欧洲各地掀起。热那亚更是一个航海事业非常发达的城市。哥伦布年轻时，就参加过很多短途的航海活动。特别是100多年前的马可·波罗的东游壮举，给了他极大鼓舞。少年时期，正赶上《马可·波罗游记》一书正式出版发行，成为青年们最喜欢的读物。因此，和其他青年一样，哥伦布也喜欢冒险和旅行。不久，地理学家们又断定地球是圆球形，于是有些航海家深信，只要一直往西航行，就能和马可·波罗一样到达东方。

壮举：伟大的举动；壮烈的行为。

当时欧洲各国经济都很发达，使用的货币都是金币，因此黄金代表了财富。整个欧洲出现了黄金热，从国王到臣民，每个人都在疯狂地寻找黄金。哥伦布也包括其中，他曾说过："黄金是一种神奇的东西！有了它，就可以为所欲为，做他想做的任何事情。有了黄金，他的灵魂就可以进入天堂。"

灵魂：迷信的人认为附在人的躯体上作为主宰的一种非物质的东西，灵魂离开躯体后人即死亡。

马可·波罗在他的书中把东方描绘成"黄金遍地"，于是便有一些冒险家们为了黄金驾起了帆船去寻找它。寻找新航路最早的是葡萄牙的迪亚士。1486年，他航行至非洲最南端的好望角。虽然黄金没有找到，却鼓舞了那些跃跃欲试的冒险家们。哥伦布此时已成为一名经验丰富的水手了，他决心去航海，寻找新的航路。但是，远航需要的大量金钱和巨大坚固的船只他都没有。于

跃跃欲试：形容心里急切地想试试。

是，在 1486 年，他来到富有的西班牙，把开辟新航路的计划告诉给国王。此时西班牙很发达，正准备向外扩张，所以西班牙国王对哥伦布的主意很是欣赏。1492 年 4 月 17 日，西班牙国王和哥伦布签订了一个协定，西班牙答应支付一切费用，哥伦布被封为将来那些新发现岛屿和土地的统治者，可以拥有新土地的总收入的二十分之一，而新土地的所有权属于西班牙。这一协定被称为“圣大非协定”，哥伦布接受了这些条款。

岛屿（dǎoyǔ）：岛(总称)。

1492 年 8 月 3 日，一切都准备好，哥伦布的船队从西班牙出发了。他的船队由三艘大帆船，87 名水手组成。船队离开西班牙的海岸，一直向西航行。1492 年 10 月 12 日凌晨，经过两个多月的航行，水手们对艰苦的水上生活已经无法忍受，因此怨声四起，叛乱眼看就要发生。这时，一名水手突然惊叫：“天哪！前面有陆地！”众人一看，前面果然有一片长着绿色植物的陆地。待到帆船靠岸，众人下去一看，原来是一个岛屿，上面水和食物一应俱全，还有人居住。一个水手向同伴们高叫道：“啊，救世主！”于是，这个岛屿被哥伦布叫做圣萨尔多（意为救世主）。实际上，那个岛屿就是现在的巴哈马群岛中的华特林岛。

凌晨：天快亮的时候。

哥伦布以为他已经到达了东方富国印度，于是就把这里的人称做印第安人。接着，哥伦布又向南航行，先后到达了古巴和海地，他发现，这里岛屿众多，根本没有那传说中的黄金。但是，哥伦布却以殖民者的身份在那里建立了根据地，掠夺印第安人的贵重物品。

1493 年 3 月 15 日，带着掠夺来的财富和 10 个印第安人，哥伦布回到了西班牙的巴罗士港，向欧洲人宣布，他已经发现了通往印度的航路。全欧洲一下子轰动了，哥伦布得到了西班牙国王的礼遇，被封为西班牙的贵族。

礼遇：尊敬有礼的待遇。

在这里还有一个关于哥伦布的小故事。一天，哥伦布应邀参加西班牙一个贵族为他举办的宴会。其中包括那些对他嫉妒的人。这些傲慢自负的名流们急着要给哥伦布一个难堪。其中一位对哥伦布说：“你发现了一个奇怪的大陆，那又如何呢？我们不

难堪：难为情。

明白这件事有什么好谈的。任何人都能穿过海洋航行，并且任何人也都能像你一样发现那个地方，这是世界上最简单不过的事情了。”

哥伦布没有说话，他沉思了一下，从碟子里拿出一个鸡蛋，对这伙傲慢的家伙们说：“先生们，谁能把这个鸡蛋竖直立起来？”那伙人一个一个都上前试验，当然，谁也没有把鸡蛋立起来。他们都说，这根本无法办到。

这时哥伦布拿起了鸡蛋，看了看这伙自负傲慢的人，然后把鸡蛋的一头和桌子一碰，鸡蛋壳被磕平了一小块，鸡蛋便直立在桌子上了。那伙人见了，个个傻了眼。哥伦布对他们说：“先生们，这事情太简单了，可是你们谁也没去做。我只是做了你们没有做过的事情。”

再简单的事，光说不做也是白费。

哥伦布确实做了一件任何人都没做过的事情，而恰恰是这件别人没有做的事情，才使世界发现了美洲大陆，开辟了一个新的航路。

1498 年，哥伦布第二次到达美洲。1502 年，他又第三次航海到达美洲。直到他病死在西班牙的瓦里阿多里城，他一直以为他发现了东方的印度。

与哥伦布同时代的冒险家意大利人亚美利加于 1499 年也率船队到达美洲。不过，他穿过了中美洲大陆，看到了浩瀚的太平洋，于是他确定哥伦布发现的是一个新的大陆。所以，人们就把亚美利加发现的这一大陆称为“亚美利加洲”（简称“美洲”）。

浩瀚（hàohàn）：形容水势盛大。

在哥伦布发现新大陆后的 20 年，越来越多的冒险家开始探险。其中最成功的是葡萄牙人麦哲伦。在西班牙国王的资助下，他于 1519 年 9 月 20 日带着 265 名水手，驾着五条大帆船，开始了人类历史上的第一次环球航行的壮举。他们到达美洲最南端是在 1520 年，横过太平洋到达菲律宾群岛是在 1521 年，于 1522 年 9 月返回西班牙。哥伦布、麦哲伦的冒险活动以及新航路的开辟，是世界交通史上举足轻重的大事。促进了东西方文化的进一步交流，也使西方殖民主义者的殖民活动更加活跃起来。

资助：用财物帮助。

任何一件事都可能有负面影响。

出生在德国的俄国女皇

你相信出身异国的人能成为国王吗？如果这个国王还是女王，你会作何感想？而本文的叶卡捷琳娜二世正是一个出生在德国的俄国女皇，这一点一直吸引着世人的目光。

俄国历史上有个叫叶卡捷琳娜二世的很著名的女沙皇。然而这位女沙皇并不是俄国人，她原是德国的一位公主。那她是怎么当上俄国沙皇的呢?

这就要从彼得一世说起。彼得一世同出身农奴的叶卡捷琳娜（就是后来的女沙皇叶卡捷琳娜一世）生了两个女儿，其中一位叫伊丽莎白的女儿在 1741 年当上了沙皇，不过她没有子女，便将她姐姐的儿子卡尔·彼得从他出生的地方——普鲁士王国（后来成为德国的一个邦国）接回来，认作干儿子，亲自抚养，想以后让他当沙皇。因为这个小彼得不习惯在俄国生活，伊丽莎白找了一个德国小公主给他做伴，并且指定这个小公主以后要做皇后。小公主叫索菲娅·奥古斯特。伊丽莎白不喜欢这个名字，因为她的姑妈，就是同她父亲彼得一世争权的那位的名字也叫索菲娅；为了纪念自己的母亲，她就把未来儿媳妇的名字改为叶卡捷琳娜。她就是后来大名鼎鼎的叶卡捷琳娜二世。

抚养：爱护并教养。

叶卡捷琳娜非常聪明，但野心勃勃。她在去俄国的路上就想："凭着我的才智和能力，我一定要成为俄国女皇。"到了俄国以后不久，她就改信俄国的国教东正教（基督教的一个宗派）；她努力学习，不但认真学习俄语，还努力去了解俄国的历史、文化和风俗习惯。为了学习俄语，她常常半夜起床，光着脚在房间里来回走动，一边走一边读，就是不让自己打瞌睡。她想尽快做

成大事者必须经过磨炼。

个真正的俄国人。

与叶卡捷琳娜不一样的是，她的未婚夫、皇位继承人卡尔·彼得却性格懦弱，没有什么本事，不求上进。快二十岁的人了，还经常玩儿童游戏，俄语也讲得不怎么好。彼得的无能对叶卡捷琳娜去实现她的野心十分有利。

懦弱：软弱、不坚强。

叶卡捷琳娜和彼得在1745年正式结婚。彼得婚后不问政事，只是顾着自己寻欢作乐，对自己的妻子不但不关心，还经常对她挖苦和责骂。叶卡捷琳娜为了以后能当上沙皇，对这一切的委屈和屈辱只能自己忍受。表面上，她对婆婆伊丽莎白女皇恭顺而又孝敬，侍奉丈夫也很是体贴、无微不至，她说："自己甘愿做沙皇最下贱的奴隶"，但在她的内心深处，却盛满了痛苦和寂寞。她只有从书本里寻找安慰。她后来说，当时她的情况是"有的只是书本和痛苦，但却永远没有欢乐"。

挖苦：用尖酸刻薄的话讥笑(人)。

恭顺：恭敬顺从。

1761年12月25日，伊丽莎白女皇去世，卡尔·彼得继承皇位，即彼得三世。叶卡捷琳娜也自然而然地成为了皇后。

彼得当了沙皇后，更是整天花天酒地，寻欢作乐，不理朝政，常常喝得醉醺醺的。叶卡捷琳娜却不提醒他，反而放手任他胡作非为，而自己却积极做好事，使自己同沙皇的行为形成鲜明的对比，从而使朝廷上下对她丈夫都十分不满。同时，她抓紧时间培植拥护自己的势力，暗中准备政变，夺取皇位。她已下定决心，"要么当女皇，要么就去死"。

培植：培养(人才)；扶植(势力)使壮大。

当你有决心时，那么就已成功了一半。

1762年6月29日，是彼得三世的命名日，这一天，他想在彼得霍夫行宫庆祝一番。命名日的前几天，彼得三世到离首都彼得堡不远的奥拉宁堡去花天酒地，临走前他叫叶卡捷琳娜一个人先在彼得霍夫行宫等他。等到6月28日，彼得三世在臣仆们的簇拥下来到彼得霍夫，却只有几个神色慌张的仆役站在那里，皇后没有出来迎驾。

"皇后去哪了？"彼得问道。

"走了。"

"去哪儿了？"

没有人回答。这时走过来一个仆人，把一张字条递给沙皇，字条上说，今天一早，皇后就回彼得堡去了，并已经宣布自己是唯一的国君。彼得三世大吃一惊，他像疯了一样，大声喊着叶卡捷琳娜的名字，直奔皇后的房间。但是皇后已经走了，连个人影也没有。

原来，这天一大早，叶卡捷琳娜已赶回彼得堡，在她的亲信控制的一所禁卫军兵营里宣布她即沙皇，并向全国发布诏书，自称叶卡捷琳娜二世。士兵们都振臂高呼“女皇万岁！”

这时的彼得三世尚在彼得霍夫行宫，知道这件事情后，如梦初醒，赶紧奔向喀琅施塔得要塞，想先一步控制住这个军事要塞。但叶卡捷琳娜早就已经先派人把这个要塞控制在手中。彼得三世没有办法只得返回奥拉宁堡。谁知刚到那儿，前脚跟后脚，叶卡捷琳娜就率领一支禁卫军追来了，速度之快让人无法相信。彼得手中没有一兵一卒，根本就没有力量反抗，面对一个个凶神恶煞般的禁卫军士兵，他只能放弃抵抗。彼得最后还异想天开，他建议与妻子平分政权，但叶卡捷琳娜毫不理会。一个小时后，彼得只得向自己的妻子——新的女皇——送上退位诏书。彼得三世在位前后共计才六个月。

叶卡捷琳娜二世登基后，就把丈夫囚禁在彼得堡郊外一所偏僻的别墅里。一个星期后，彼得在一场酒后的殴斗中被人枪杀。而这场争斗的幕后策划人，大家心里都很清楚。

叶卡捷琳娜二世当上沙皇后，进行了一系列改革，推动了俄国的发展，对俄国历史产生了巨大的影响。她是继彼得一世之后第二个被称之为“大帝”的沙皇。

凶神恶煞(xiōng shénèshà)：指凶恶的人。

别墅(biéshù)：在郊区或风景区建造的供休养用的园林住宅。

殴斗：打(人)。

文艺的曙光

人类的发展离不开文化的推动。文艺复兴运动就是黑暗中的曙光，为人们指明了前进的方向，开辟了人类社会的新天地。

在罗马城东南面200多里的地方，有一个名叫卡西诺山的修道院。它的历史很悠久，据说在罗马帝国灭亡后不久就建立起来了。它的藏书室里保存了许多很古老的图书。在中世纪，修道院的教士对古书和古代文化都不感兴趣，谁也不想去观赏一下这个藏书室。但是，从14世纪开始，意大利的风尚变了，人们对古代文化越来越尊重，越来越推崇。于是，有人想到了这个修道院和它的藏书室，很想去调查一下它的底细。

有一天，终于有一个人想方设法闯进了这个藏书室。他看到的情况使他又悲又喜，哭笑不得。原来，这个藏书室好多年来都无人照管，早已墙倒门歪，破烂不堪。但是，在一寸多厚的灰土之下，却随处可以找到许多珍贵的古书，有些还是多年来失传的珍本。这怎能不叫这位热心的学者在气愤之余，又惊喜万分呢？他顾不上对那些愚蠢的教士提出抗议，就急急忙忙整理起这些古典文化的“无价之宝”来……

对于你来说什么是无价之宝？

我们说的这位热心的学者，就是“文艺复兴”运动的著名代表、意大利的小说家薄伽丘（1313—1375）。薄伽丘是佛罗伦萨（在意大利中部）人，出生在商人家庭。当时，佛罗伦萨的工商业在整个欧洲都是最发达的，它有许多纺织工厂和银行、商号，资本主义经济已经发展起来；在政治上，佛罗伦萨取消了封建贵族的统治，成为一个城市共和国。经济、政治上的先进地位，决定了佛罗伦萨在文化上也是一马当先，第一个举起“文艺复兴”的大旗，开展了反对封建的新文化运动。

新文化运动首先从学习和恢复被教会破坏的古典文化着手。人们把它比喻为古典文化的再生和复兴，这就是“文艺复兴”这个名称的由来。当然，当时先进的人们学习古典文化，不是机械刻板地模仿，而是在学习中注入了自己的思想感情，很有现实性和创造性。像著名的诗人但丁（1265—1321），就把批判的矛头直接对着当时的教会。他的伟大著作《神曲》，让许多历史上和当时社会上的人物在地狱和天堂里出现，主教和僧侣都被打入地狱，甚至给还没死的教皇在地狱的火窟里留了一个位置。这是多么大胆的反抗和创造啊！前面提到的薄伽丘，是一个非常有成就的小说家。他的小说集《十日谈》包括了一百个故事，内容非常广泛，有各地的奇谈、传说，有作者自己的见闻。这些故事把教士和贵族狠狠地讽刺了一顿，宣扬了人的智慧和奋斗精神。中世纪的那种死气沉沉的宗教宣传，在这本书里被一扫而光。

模仿：照某种现成的样子学着做。

学习古人也要有所创新，这样才能有所成就。

在文艺复兴运动中，“人文主义”的学说被响亮地提了出来。什么是人文主义呢？就是以人为中心。封建教会一贯宣传以神为中心，说什么人出生到世上就有罪，只有放弃追求人生的幸福，服从教会，才能赎罪得救。人文主义正相反，它肯定人的伟大，相信人类有充分发展的可能，对现实生活的前途抱着光明的希望。它要求摆脱精神方面的束缚，发挥人的才能智慧，享受人生的快乐，掌握自己的命运。人文主义对文化科学知识非常重视，并且特别尊重古典文化（因为希腊罗马的古典文化也带有这种肯定人生的色彩）。著名诗人和学者彼德拉克（1304—1374）第一次自觉地提出这种思想，因此被称为“人文主义之父”。

你是怎样评价人文主义的？

人们的思想从教会的精神枷锁中解放了！人的聪明才智充分地发挥出来了！到了15世纪，意大利的文艺复兴运动已经成为滚滚洪流。在学习继承古典文化的基础上，出现了光辉灿烂的新

枷锁（jiāsuǒ）：比喻所受的压迫和束缚。

文化、新艺术。

当时新文化的最大中心是佛罗伦萨。佛罗伦萨新文化的最光辉成果是艺术——建筑、绘画和雕刻。佛罗伦萨艺术家们处处以古典艺术作为自己创作的榜样。建筑家布鲁列尼斯奇和雕刻家多纳太罗，还专门到古罗马的废墟上去搜求古典艺术遗物。他们在残垣断壁、碎砖烂瓦中认真揣摩，逗留了很久，住在附近的人还以为他们是挖掘宝藏的人呢！事实上他们也确实挖到了“宝藏”，那就是古典艺术知识的无价之宝，通过这样脚踏实地的认真学习，他俩掌握了古典艺术的真髓，后来都成了最杰出的艺术大师。

揣摩(chuǎimó)：反复思考推求。

布鲁列尼斯奇建造的佛罗伦萨大教堂的中央圆顶，有 20 多层大楼那样高，像山峰一样雄峙城中，显得无比的雄伟和美丽，大大超过了中世纪的其他教堂。多纳太罗的雕像作品逼真生动。他为帕都亚城雕刻了一个军人的骑马像，放置在城中广场上。这座雕像雄姿勃勃，充满生气，人和马的雕刻都非常完美，被称为罗马古代从未见过的杰作。在这样光辉的作品面前，所有的意大利人都感到兴奋和自豪。

到了 16 世纪，“文艺复兴”更加繁荣，呈现了绚丽多彩的局面。以佛罗伦萨为中心，意大利又产生了许多著名的文学家、艺术家和科学家。他们中特别值得提到的是列奥纳多·达·芬奇和米开朗琪罗。

文艺复兴时期人才辈出。

达·芬奇（1452—1519）既是艺术家，又是科学家，是一个多才多艺、学识渊博的文化“巨人”。他最著名的绘画《最后的晚餐》，描绘了耶稣在被捕前和门徒聚餐，向门徒说出了“你们中有人出卖我”的话，引起 12 个门徒（其中有叛徒犹大）极大的震惊。他们有的愤怒，有的怀疑，有的自我表白，有的互相议论，而叛徒则紧握钱袋，惊慌失措。达·芬奇把这 12 个不同性格和表现的人物，描绘得那样成功，以后的艺术家几乎没有人能超过他。他的另一幅绘画《蒙娜丽莎》，被人称赞为肖像画的杰作。在这幅画中，达·芬奇通过一位妇女蒙娜丽莎的形象，表现

达·芬奇的艺术作品至今仍为世人所赞叹。

了人的丰富而微妙的内心世界。她的面貌，尤其是她的微笑，似乎具有无穷的含义，可以引起观众各种联想和深思，表明艺术家对人物的观察分析和艺术概括都达到了极高的境界。

达·芬奇还付出巨大的精力从事科学技术的研究。他解剖尸体次数很多，观察细致，论述周详，成为历史上第一个正确、全面地描述人体骨骼和肌肉的科学家。他研究过各种岩石的构造、地老远形的演变和古生物的痕迹，最早提出地质学的概念。他在物理、光学、静水力学等方面也有许多发现。特别在机械方面，他不仅设计了先进的纺车、高效率的起重机和各种车床、冲床和钻床（当然都是手工操作的），而且想到了自行车、飞行机、潜水艇，等等，被称为许多现代发明的先驱。

先驱：走在前面引导（多虚用）；先驱者。

和达·芬奇同时代的米开朗琪罗（1475—1564），对于建筑、雕刻、绘画都有很深的造诣。他的建筑风格雄伟有力，在西方的建筑史上影响很大。他设计的罗马圣彼得大教堂的圆顶，一直被以后欧洲各国的建筑效仿。他的雕刻、绘画更是气魄恢弘，创造了许多热情洋溢、力量无穷的英雄形象。他的代表作品大理石雕像《大卫》，塑造的是一个身体健美、精力充沛的青年，象征着对正义事业充满信心和蓬勃旺盛的奋斗精神。还有一座《摩西》雕像，刻画了一个意志坚强、刚毅正直的人物，艺术技巧非常完美，体现了高度的人文主义思想。他在罗马教皇宫的西斯廷礼拜堂屋顶上作的壁画，面积达到300平方米，是世界上最宏伟的绘画作品之一。

造诣（zàoyì）：学问、艺术等所达到的程度。

热情洋溢：热情很高。

在这些著名的文学家、艺术家的推动下，文艺复兴不但使中世纪的封建文化黯然失色，而且为资本主义在欧洲的大发展扫除了思想障碍。后来德国、法国、英国、西班牙等国也出现了“文艺复兴”，产生了许多新文艺大师。英国的剧作家莎士比亚、法国的学者拉伯雷、西班牙的文学家塞万提斯，都是欧洲文艺复兴的灿烂明星。这时候的欧洲文坛，真正成了百花争艳、硕果累累的花园。它预示着：“黑暗时代”快要结束了！

黯（àn）然失色：阴暗的样子。

硕果：大的果实，比喻巨大的成绩。

向教会的权威挑战

向世俗的权威挑战的确需要超人的勇气，同时必须具有合理的科学论断作为依托。虽然他们当时不被世俗所接受，但真理是不会被掩埋的，它迟早会绽放光彩。

在文艺复兴时代，科学家也勇敢地起来向教会的权威挑战了。这里说说哥白尼和伽利略的故事。

波兰的主要港口格但斯克附近，有一个名叫弗洛木包尔克的城镇。这一带交通方便，商业繁盛，文化比较发达，风气也比较开通。那些交游广阔、学识渊博的人会受到社会的尊重。当地的人们都津津乐道地谈论着一位名叫哥白尼的学者，说他如何在意大利学习了10年；如何整天整夜待在教堂的高塔里研究天文、观测星象；如何医术高明，总是不厌其烦地为各地前来求医的人治病；如何多才多艺，他的绘画栩栩如生，吸引了大批的观众。

别人的评价更能说明哥白尼的成就。

确实，哥白尼是一个学识渊博、多才多艺的人。这是文艺复兴时代一切伟大人物共有的特征。但是，使弗洛木包尔克市民们纳闷的是，虽然哥白尼行医很勤，也不拒绝人家请他作画，却唯独对于他的天文研究成果缄口不言。好多年了，人们都弄不清楚哥白尼在高塔里到底搞出了什么新玩意儿。

纳闷：因为疑惑而发闷。

缄（jiān）口不言：闭着嘴不说话。

有一天，德国威丁堡大学的雷提库教授专程来到弗洛木包尔克。原来，他从同事们中间打听到，哥白尼创立了惊天动地的新学说。他竟能证明不是太阳绕地球转，而是地球绕太阳转，把千百年来人们公认的和教会支持的说法完全颠倒过来了，雷提库对这个问题很感兴趣，便不远千里而来，准备拜哥白尼为师。

“尊敬的老师，您为什么不把新理论公之于众，让普天下老百姓都了解它呢?”雷提库问道。

哥白尼笑了。他回答说:“这可不是件小事,关系非常重大呢!你知道,《圣经》说,上帝按他自己的模样创造了人类,人是万物之长,地是宇宙的中心。我的新理论虽然说的是天文,却把这些道理完全否定了,那还了得?你不知道以色列人打仗的故事吗?上帝为了帮助以色列人,叫太阳慢一点往西山落,把白天延长,使以色列获得胜利。现在我说太阳根本不动,不是也把上帝否定了吗?教士们总说,教会的理论就像一座八宝楼台,完美无缺,绝无错误。我的理论等于给他捅了一个大窟窿,那座神学大厦就要倒塌、完蛋。你想,我如果公开宣传,他们能放过我吗?”

哥白尼为什么不公布他的研究成果呢?

“那么,您是……”雷提库有点吃惊,不敢说下去。

“不,我并不是为自己的生命担忧。为了科学真理,我们应该准备献出自己的一切,甚至生命。但是,取得胜利的关键是我们的理论要站得住脚,因此就要坚持战斗。我的理论在原理上已经有了个系统,但是我还要做更多的事。我要争取时间,取得更充分的论证,使我的理论体系颠扑不破,永远立于不败之地。所以我不能先暴露自己。否则,个人安危是小事,科学的使命将半途而废,也给后来人增加更多的困难……”

颠扑不破:无论怎样摔打都不破,比喻永远不会被推翻。

“我明白了,您是要等弓弦拉满,才放出利箭!”

“是的,所以我不能过早公开。不过,现在已经差不多到时候了。你来得正好,可以帮助我把最后的部分完成。到那时,我就毫无牵挂了!”

雷提库在哥白尼手下学习、工作了两年。他弄懂了老师的“太阳中心说”是把太阳和包括地球在内的几个行星作为一个体系来考察,推算出了各个行星绕日轨道的比例关系,解决了一系列旧的地心说无法解决的问题。只要不是别有用心和顽固迷信的人,都会承认太阳中心说是唯一合乎实际的理论。雷提库非常高兴,当他辞别老师的时候,最大的愿望就是哥白尼能尽快把他的著作写完。

你知道天体运行的理论吗?

1542年，哥白尼终于把他的著作《天体运行论》整理好，交给雷提库在德国印刷出版。等到第一批印好的书交到他手上的时候，他已经重病在身，即将与世长辞了。据说，哥白尼看到书的当天就去世了；也有人说他只在较早时期看了校样。无论如何，这位伟大的科学家是带着胜利的信心离开人间的，因为他的书已经开始在世界流传，真理的火炬终于点燃了！

科学像火炬一样照亮了世界。

正如哥白尼所料想的那样，教会把太阳中心说看做洪水猛兽。这不只是对天体如何解释的问题，更重要的是它使教会丢了面子。《天体运行论》被列为禁书，宣传哥白尼学说的人要被烧死。可是，教会的权威已经被科学真理摧毁，太阳中心说越来越得到人们的拥护。在宣传和发展这个新理论方面做出巨大贡献的人当中，除了英勇不屈而被烧死的科学家布鲁诺外，还有伟大的物理学家伽利略。

摧毁：用强大的力量破坏。

伽利略是意大利人，在物理学、数学方面都有精深的研究。他非常重视实验，认为用实验和实际观测得到的东西最能说明问题。因此，他第一个用望远镜观察天上的星球，要人们用自己的眼睛看到哥白尼学说的正确。他对朋友说：“维护真理不能采取守势，而要进攻。我要揪住他们的脑袋，强迫他们用望远镜看看星星、月亮，是非真伪就一清二楚了。”他拿望远镜进行观察，看到月亮表面凸凹不平，有山有谷，和地球一样。这就证明，月亮并不是教会说的什么天堂的附属地，而是和地球类似的星体。它们都不发光，只反射着太阳的光。月亮既然和地球一样，天堂就失去了依托，地球也不是什么中心了。伽利略又把望远镜对准木星，看到木星也有自己的月亮（卫星），而且不止一个；特别让他高兴的是，木星的一个卫星走着走着就不见了。他马上肯定这是卫星在绕木星运行，它绕到木星后面，从地球上就暂时看不见了。过了一定时间，它又会在另一边重新出现。这些闻所未闻的现象，都是前人完全意想不到的，但是都符合哥白尼的学说。伽利略扶着望远镜高呼：“我可以用眼睛证明太阳中心说了！”

凸凹（tūāo）：形容高低不平。

附属（fùshǔ）：某一机构附设或管辖的（学校、医院等）。

伽利略写了许多论文和通俗的著作，宣传和论证哥白尼学说的正确。尽管他也受到了教会的残酷迫害，但他始终没有放弃自己的事业。经过他和其他许多科学家的热心提倡，太阳中心说终于完全粉碎了教会的谬论。人类的思想进一步得到解放，社会以更巨大的步伐向前迈进了。

谬(miù)论：荒谬的言论。

知识就是力量

知识就是力量——这是弗兰西斯·培根提出的至理名言。在信息时代的今天，它已成为真理。

“知识就是力量”，这是人们都很熟悉的一句名言，至今它还在不断被引用，激励着人们向自然、向科学进军。可是，你知道，这句话是谁提出来的吗？又是在什么情况下提出来的呢？

如果你翻开中世纪历史，便会知道，这句名言是英国一位唯物主义哲学家弗兰西斯·培根提出来的。

培根，1561 年诞生在英国伦敦的一个贵族家庭里。他从小体弱多病，却爱好研究内容高深的书籍，因此人们都说他少年老成。十二岁那年，培根便进入有名的剑桥大学读书，可是只读了三年便离开了。因为当时的剑桥大学被“经院哲学”统治着，他觉得在那样的学校读书，简直是“有害而无益”。

什么叫“经院哲学”？“经院哲学”就是一种为“神”辩护的哲学，它以神学为内容，用极其烦琐的方法来论证神的存在，论证宗教教条的正确。这种思想使人远离自然，远离科学，完全堵死了人们认识自然的道路。培根对这种哲学很反感，很蔑视。有一次，一个顽固维护“经院哲学”的教士对他说：“‘经院哲学’是大圣人亚里士多德开创的，它是世界上最纯洁的哲学。”

烦琐：繁杂琐碎。

蔑视：轻视；小看。

“你们的哲学就像修道院里献身上帝的修女一样，不能生育胎儿，只能产生厌烦不休的争论；不能让人获得半点知识，只能使人变得像蠢驴一样愚笨。”

轻蔑：轻视；不放在眼里。

培根轻蔑而尖刻地嘲笑着“经院哲学”的卫道士，并且鲜明地指出，真正的哲学必须研究自然，控制自然，供给人们新的发现。

1620 年，他在《新工具》这本著名的著作中，最早响亮地提出了“知识就是力量”的口号。他告诫人们，要想控制自然，利用自然，必须掌握科学知识。他还经常说：“知识是一种快乐”，“人的知识和人的力量是两件东西结合为一体的”。他还十分重视科学实验，认为只有经过实验才能获得真正的知识。这一切，既是对反动的“经院哲学”的有力批判，又是对人们大胆探索自然奥秘的激励和鼓舞。

凝练：（文字）紧凑简练。

精辟：（见解、理论）深刻；透彻。

培根不仅是一位著名的哲学家，还是一位杰出的作家。他在 1624 年写的《论说文集》，以优美、凝练的语言论述了对人生、对社会、对自然的许多独到而精辟的见解。例如在《论敏捷》一文中，他写道：“过分求速是做事上最大的危险之一。它犹如医生所谓的‘过速消化’一样，一定会使人体中满含酸液而埋下难查的病根。因此，不能以做事的时间多寡作为敏捷的标准，而应以事业进展的程度为标准。譬如在赛跑中，速度并不靠步子有多大，举足有多高。可见，敏捷的方法在于专心治事而不在一次包揽许多事情……然而，真正的敏捷是很有价值的。因为时间是衡量事业的标准，犹如金钱是衡量货物的标准一样。所以，在事业上不敏捷，那事业的代价一定是很高的。”

规谏：规劝告诫。

谄佞（chǎn nìng）：用花言巧语讨好人。

在这本书中，有许多名言警句至今还在人们中间流传。例如，“没有友谊，则世上不过是一片荒野”“最能保人身心健康的预防药就是朋友的忠言规谏”（《论友谊》）。又如，“好炫耀的人是明哲之士所轻视的，愚蠢之人所艳羡的，谄佞之徒所奉承的，同时他们自己也是所夸耀的言语的奴隶”（《论虚荣》）。

培根一生在学问上成就很大，在政治生活上则有过不少波折。他父亲是伊丽莎白女王的掌玺大臣，母亲是爵士的女儿。可是，由于亲属的嫉妒和排斥，培根一直没得到女王的重用。直到女王死后，詹姆斯一世当政，他才逐渐升迁，担任过总检察官、掌玺大臣、大法官等职务。但后来，又被免除了一切官职。以后直到1626年去世，他一直专心致力于研究学问，终于成为中世纪英国著名的唯物主义哲学创始者。

掌玺(zhǎng xǐ)：掌管玉玺。

瓦特和蒸汽机

蒸汽机的发明推动了第一次工业革命的深入发展。但它的发明却是个长期的摸索过程，这其中也有不为人知的故事。

新技术的发明大大推动了工业的发展。

资产阶级革命发生以后，英国的工业迅速发展起来。不少地方使用起大机器，像珍妮纺纱机和水力纺纱机，都使生产效率提高了十几倍或者几十倍。这样，大工厂就不断出现了。很多工厂主都想使用一些新机器，生产出更多更好的产品。为了适应这种需要，科学家和技师们也都把发明新机器作为自己关心和研究的重要课题。

做事情只有坚持不懈才能成功。

伦敦格拉斯哥大学有一位叫鲁滨孙的教授。他设想，如果把当时的四轮马车改成用蒸汽推动，不就能大大加快速度了吗？他让负责修理教学仪器的技工瓦特给他做一个蒸汽机模型，用来做试验。模型做好了，可是不能运转，鲁滨孙教授没有再把试验进行下去。可这件事倒引起了瓦特对蒸汽机的浓厚兴趣。

在这以前，瓦特从来没有接触过蒸汽机，也缺乏这方面的知识，要想钻研它，一切都得从头做起。他下定了决心，主动要求承担修复蒸汽机模型的工作。

滨海：靠近海边。

蒸汽可以作为动力，古代劳动人民早已经知道。据传说，两千多年前的一天，在古埃及的滨海城市亚历山大的大街上，围着一群看热闹的人。他们中间有一块不大的空地，一位名叫赫诺的魔术师正在那里“变戏法”：空地当中摆着一个装在架子上的活动铜球。铜球在蒙蒙的蒸汽里飞快地旋转着。铜球下面装着两根管子，管子下端连着一个密封的锅，锅下面炉火熊熊。锅里的水沸腾着，发出“嗤嗤”的响声。原来这不是什么魔术，而是赫诺在做使用蒸汽力的试验。后来，赫诺曾经把使用蒸汽力的方法记载了下来。可惜，他的著作失传了一千多年，一直到文艺复兴时期才被重新发现。

又过了许多年，到 17 世纪末，英国德封郡的绅士托马斯·塞维利第一个制成了有使用价值的蒸汽抽水机。不久，锻工托马斯·纽科门和玻璃工考利共同研制成功能够从深井里抽水的蒸汽机，叫做纽科门蒸汽机。

如今，瓦特要修复的蒸汽机模型，正是这种纽科门式的。瓦特阅读了大量英文、法文和意大利文的资料，废寝忘食地工作。蒸汽机模型很快就修复了，试车运转正常，瓦特当然很高兴。可是纽科门蒸汽机暴露出来的缺点又使瓦特陷入了沉思。他又投入了改造这种蒸汽机的工作。

废寝忘食：顾不得睡觉，忘记吃饭，形容非常专心努力。

这种蒸汽机汽缸上端不密封，下部有三个阀门，中间的阀门同锅炉相通。蒸汽从这里进入汽缸把活塞向上推动，然后把这个阀门关上，从第二个阀门注入冷水，使蒸汽冷凝，造成低压。于是汽缸外部的大气压从上端把活塞推回。最后，打开第三个阀门，把水排出。阀门开关都是人工操作，活塞往返一次需要耗费许多时间，而且大量蒸汽浪费在加热汽缸上。这真是一架笨拙不灵、耗费巨大的蒸汽机啊！瓦特下决心彻底改造它。

冷凝：气体或液体遇冷而凝结。

笨拙：笨；不聪明；不灵巧。

怎样不使汽缸冷却，节省蒸汽？怎样使活塞连续运转，加快速度？又怎样使汽缸的阀门能自动开关呢？这些问题使瓦特朝思暮想，简直入了迷。两年过去了，一个个方案设想出来，又推翻了。然而一次又一次的方案，使他越来越接近成功。他终于想出了一个办法：在蒸汽机上加一个冷凝器，使蒸汽在冷凝器里冷凝，省去了注入冷水。这样，活塞可以来回不停地运转，蒸汽也可以连续使用了。

朝思暮想：形容非常想念。

瓦特在 1765 年制造的蒸汽机比纽科门蒸汽机的效率提高了两倍。后来，瓦特又不断改进他的机器，使它成为能够带动各种工作机的蒸汽动力机。这就是万能蒸汽机。

万能蒸汽机就像巨灵之手一样，在工厂里推动着笨重的机器飞快地运转，把大批产品生产出来。它的效率远远超过了畜力和水力，而且不受地区和季节的限制。英国许多富商见蒸汽机有这样大的用处，就拿出钱来购买机器，开办工厂。使用蒸汽动力的工厂就在英国纷纷出现了。到19世纪30年代，单是兰开夏一个郡就拥有814台蒸汽机。

奠定：使稳固；使安定。

蒸汽机的强大动力为机器大生产奠定了基础，推动了工业革命的深入发展，加快了资本主义国家工业化的步伐。它不仅使英国而且使整个世界的经济面貌发生了根本变化。蒸汽机也引起了交通运输的革命。美国人富尔顿发明的轮船，英国人史蒂芬逊发明的火车都是用它来带动的。它开辟了整整一个蒸汽时代。在这以后的一个多世纪里，蒸汽一直是主要的动力。直到今天，蒸汽机仍然在某些工业、交通运输部门继续发挥着作用。

攻克巴士底狱

每个国家都有自己的国庆日，来历也各不相同。攻克巴士底狱废除了法国的封建制度，实行了资产阶级民主，这一天就成了法国的国庆日。

在18世纪的法国，提起巴士底狱，百姓就忍不住咬牙切齿。因为它代表的是法国的专制统治，法国历代封建王朝都利用这座监狱，对反抗专制的人民进行无休止的囚禁和残害。

1789年，法国的政治经济危机空前严重，人民群众在水深火热之中挣扎，他们的反抗情绪越来越激烈。为了摆脱困境，波旁王朝的国王路易十六召开三级会议，想找出一个解决的办法。当时的法国等级严明，僧侣是第一等级，贵族是第二等级，平民属于第三等级。平民在法国的地位最低，所以他们反抗的呼声最高，强烈要求废除专制制度，取得自由。在三级会议上，路易十六为了解决国家目前的困难，只想对平民征税而对第三等级的要求却置之不理。

> 专制统治必然遭到人们的痛恨、反对。你知道吗？压力越大，弹力越大。

> 置之不理：放在一边不理不睬。

路易十六的做法激怒了第三等级的代表，他们宣布单独举行国民会议，商量国家大事。

路易十六被气得快要疯了，他在皇宫里拍着桌子嚷道："反啦！反啦！这帮家伙都得进巴士底狱！"很快，路易十六派出大批军警，封闭了会场，禁止国民会议的召开。国民会议的代表没有屈服，他们为了制定一部制约国王权力的宪法，于7月9日将国民会议改名为制宪会议，公开与国王对抗。此时，路易十六已决定用武力解决问题，他以最快的速度从各地调集兵力，妄想用刺刀和大炮来使对手屈服。

法国人民对路易十六早就有所防备。他们觉察到路易十六的举动，就立即上街游行示威。一万多市民到罗亚尔宫的花园里聚集。一位领头的青年跳上一个土丘大声喊道："市民们，难道我们还要一直沉默下去吗？今晚，那个该死的国王会派军队来镇压我们，我们只有两个选择，要么去死，要么拿起武器反抗。"

义愤填膺(yì fèntiányīng)：胸中充满义愤。

"拿起武器，赶走暴君！"市民们都义愤填膺，大声喊道。突然人群的最后面出现一阵嘈杂声，路易十六的骑兵赶来了。这帮人骑着高头大马，手持大刀，毫不留情地向手无寸铁的百姓砍了下去。顷刻之间，鲜血染红了整个花园。

揭竿而起(jiē gānérqǐ)：指人民起义。

人民彻底被激怒了，他们揭竿而起。7 月 13 日清晨，巴黎上空响起了急促的警钟声。大家自发组织起来，占领了街道和社区，控制了除巴士底狱以外的整个地区。路易十六还在作最后挣扎，他向巴士底狱派去了一队龙骑兵，并把大批军火运进巴士底狱。巴士底狱守备军总司令在接到坚守的命令后，准备用血腥屠杀对付起义者。

7 月 14 日清晨，"打倒巴士底狱"的吼声回荡在巴黎上空，成千上万拿着武器的起义者来到巴士底狱，把巴士底狱围得水泄不通。

水泄不通(shuǐ xièbùtōng)：形容十分拥挤或包围得非常严密，好像连水都不能泄出。

巴士底狱建于 1382 年，有着坚实的围墙和八个塔楼，塔楼顶端是八个巨大的炮楼，监狱墙外的深水壕沟宽达几十米，如果不通过吊架，就无法展开进攻。所以，起义者为了减少伤亡，他们派出代表去劝说守备军总司令，希望他能投降。可守备军总司令置之不理，他让守备军把罪恶的子弹射向起义者。

起义者明白了和敌人是不存在情面的，他们用一架又一架云梯，架在巴士底狱的围墙上，进攻巴士底狱的战斗开始了，巴士底狱守备军总司令疯狂叫喊着："给我开炮，把这些浑蛋统统都给我打死！"

四个小时过去了，起义者已牺牲一百多人，可还没成功地打开一个缺口。起义者不相信巴士底狱是铁做的，倒下一个人，就补上十个。这时，起义者的一颗炮弹飞向了吊架，打断了吊架的绳索，吊架正好落在了壕沟之上。起义者大喜，他们趁机举着武器，向敌人扑去。

此处可见人们起义的决心之大。

守备军总司令见大势已去，他用手中的刀砍倒一个起义者，狂吼道："快去点燃火药库，我要把巴士底狱炸上空中，和那些浑蛋们同归于尽。"那些守备军士兵彼此使了使眼色，原来他们也早就无法忍受波旁王朝，大家一齐行动，把守备军总司令给捆了个四脚朝天。

为什么士兵成了起义者的朋友？

很快，巴士底狱被攻陷了。攻克巴士底狱，标志着法国资产阶级革命的开始。随着革命形势的发展，1789 年 8 月，制宪会议掌握了国家大权，颁布了"八月法令"，废除了几千年的封建制度。随后，又通过了《人权宣言》，向全世界宣布了人身自由、权利平等的原则。后来，法国将 7 月 14 日定为国庆日，以纪念攻克巴士底狱。

提灯女郎

“白衣天使”，这是很多人对护士的赞誉。南丁格尔以她自己的行为向人们展现了一个护士的高尚品质，她的行为受到世人的尊重。因为她，世界上有了“国际护士节”，这正是人们对她的崇敬。

19世纪中叶，沙皇俄国奉行侵略扩张的国策，不断向黑海附近和东欧侵犯，欧洲几个大国感觉到来自俄国的威胁，都不能忍受俄国的这种扩张行为，它们联合起来，共同抗击俄国的侵犯。战争爆发了，历史上称之为克里米亚战争，它使人民陷入苦难之中，但也因此催生了一项高尚的职业——医疗护理。这项工作的创始人是一位名叫南丁格尔的英国妇女。

催生：促进了事物的产生。

南丁格尔出生在一个富裕的家庭。虽然很富有，但她的父母为人都很慈善。在他们的熏陶下，南丁格尔自幼就立下了毕生要为穷人、病人服务的志向。当她长大后立志要学护理时，她的父母亲都不愿意相信，因为当时护理工作被认为是个辛苦而又低贱的职业，富人家的孩子别说要当护士，就是常往医院跑，也是很不光彩的事。有钱人要做善事，只要向一些福利机构捐款就行了，而自己去当护士就有点匪夷所思了。南丁格尔的父母亲坚决拒绝女儿的要求。但南丁格尔没有放弃，她苦读医学书籍，还热心向有医学知识的人求教。看她决心如此坚定，父母亲只好让她去德国，在一所教会办的学校学习护理。在学校里，南丁格尔勤奋学习，很快就学会了许多护理知识，学成以后，她就在一所医院里担任护士长了。

熏陶：长期接触的人对生活习惯、思想行为、品行学问等逐渐产生好的影响。

匪夷所思(fěi yísuǒsī)：指言谈行动超出常情，不是一般人所能想象的。

1853年，当克里米亚战争爆发的时候，南丁格尔已经33岁了。当时，每天的报纸上都有前方的报道，里面充满了关于战地缺乏医疗护理、伤病员大量死亡的消息。南丁格尔感到非常痛苦和焦虑。她心中渐渐有了一个大胆的决定。

焦虑：焦急忧虑。

一天，南丁格尔找到医院院长，告诉院长她想带些人到前线去参加护理工作。院长惊呆了，当时，是不允许女人上战场的，而且又是到条件恶劣的野战医院去工作，院长坚决不同意！南丁格尔坚定地说："我已经决定了，这是最好的办法，一定可以挽救许多士兵的生命。请您答应我吧。"院长是个保守的人，他皱着眉头，就是不同意她的请求。

沮丧（jǔsàng）：灰心失望。

没有办法的南丁格尔沮丧地回到家里，整天郁郁寡欢。她的父母知道她的想法以后，很为女儿担心。他们费了很多周折找到陆军大臣，为女儿说情，南丁格尔终于可以去前线了。几天后，南丁格尔就带着大多由修女组成的三十八人的医疗护理队上了前线。

郁郁寡欢（yù yùguǎhuān ）：忧愁不高兴。

周折：指事情进行往返曲折，不顺利。

到了前线，那不忍目睹的景象令她们不敢相信，但也像一剂兴奋剂，激发了她们的工作热情。野战医院里处处都是伤兵，有的手脚断了，有的患了痢疾等疾病。在病人的身边，老鼠臭虫随处可见，床单都发黑了，上面都是污腥的血迹；房内臭烘烘的，人人脸上都露着绝望的表情，那份混乱、肮脏的场面无法用言语形容。南丁格尔一行到来后，立即投入了清理、打扫卫生的工作。医院的医生们还不习惯这么一群白衣女子。南丁格尔和她的队员对医生的处处刁难假装不知道，她们冒着可能被传染上疾病的危险，夜以继日地工作着，一天的工作量是平时的几倍还要多，她们每天要工作整整二十个小时。她们要拆洗床单和病人的衣服，置买日常用品，煮营养食物等。很快，整个野战医院就被她们打扮得焕然一新。伤员们都深深被感动了，都称南丁格尔和她的队员们是"白衣天使"。她的工作很有效，伤员的死亡率迅速下降，由原来的百分之四十二下降到百分之二。国内一些本来对南丁格尔她们的行为指手画脚、不以为是的绅士们读着南方来的报道，不得不闭上嘴巴，

焕然一新（huàn rányīxīn）：形容出现了崭新的面貌。

对她们肃然起敬。

南丁格尔从来没有考虑别人的看法，只是专心地把所有的精力投在伤员身上。她注意到有些伤员精神很空虚，觉得这是药物奈何不得的病，考虑了几天，她开始动员大家一起在医院附近开办咖啡室、阅览室、游艺场等娱乐场所。在这里，伤员们可以像在家里一样舒适地生活、养病，他们都把南丁格尔当做了自己的知心人。

空虚：里面没有什么实在的东西；不充实。

有一天深夜，南丁格尔像往常一样提着马灯巡视病房，看看伤员情况。一个未睡着的士兵低声叫她的名字：“南丁格尔小姐，南丁格尔小姐！”南丁格尔走到他面前，轻柔地问道：“您需要什么帮助？”只见那个战士满脸通红，不好意思地说：“我把便盆碰掉了，您能帮我拿一下好吗？”原来这是个重伤员，全身缠满了石膏，身子一点儿也动弹不得。南丁格尔笑了笑，捡起了掉在床底下的便盆，把它仔细擦干净，还用手将它焐热，然后把它塞进那个士兵的被窝里。那个士兵看着这一切，感动得眼中噙着泪花，半天都说不出话来。

焐（wù）：用热的东西接触凉的东西，使变暖。

这所野战医院的伤员在自己的家信中都说：“我们的‘提灯女郎’是个的的确确的天使，我们的伤口只要让她碰一下，就立刻不痛了。”

“能得到南丁格尔小姐的看护，真是太幸福了。”

在当时的英国，南丁格尔成了一个传奇式的人物。

然而，由于过度疲劳，南丁格尔不久就病倒了。她病得很重，已经濒临死亡线了，伤员们知道后，都失声痛哭。他们不断地祈祷，甘愿以自己的生命换回她的性命。十分幸运的是，南丁格尔从死亡的边缘被拉了回来。她身体刚刚好转，又马不停蹄地投入了工作。

濒临（bīnlín）：紧接；临近。

克里米亚战争结束后，南丁格尔回到了家乡，她被人民尊为民族英雄。1860 年，她用大家捐助的南丁格尔基金创办了“南丁格尔护士学校”，这是世界上最早，也是第一所正式的护士学校。后来，由她开创的战地护理事业和护理学校在全世界被普及。南丁格尔一直是单身，她把自己的所有完全奉献给了她的护理事业。

在她八十七岁高龄时，英国国王为她颁发了勋章，以表彰她为英国所做的贡献。南丁格尔是英国历史上第一位授勋的女子。为了纪念她和她的业绩，南丁格尔的生日，即五月十二日后来被定为“国际护士节”。

表彰（biǎo zhāng）：表扬（伟大功绩、壮烈事迹等）。

不修边幅的总统

你认为总统应该是什么样的？衣冠楚楚、举止高雅、严肃庄重……这些都与托马斯·杰斐逊毫无关系。可这位“不重视礼节”的总统却是一位杰出的领导者。

托马斯·杰斐逊是美国历史上一个很杰出的领袖，并不仅仅因为他当过总统，在他一生中，最辉煌、最伟大的业绩就是执笔起草了美国的《独立宣言》，为美国的独立做出了伟大的贡献。但是就是这样伟大的一个人，生活上却随随便便，即便是当总统的时候，他的邋遢也是出了名的。

邋遢(lātā)：不整洁；不利落。

1801 年 3 月，杰斐逊出任美国第三任总统。有一次，他在政府大厦接见英国驻美公使安德鲁·梅里。这天，英国公使经过精心准备，按时来到接见大厅。他衣冠楚楚，穿得很正式。然而，他看到美国总统杰斐逊竟然穿着一件睡衣，拖着一双拖鞋来接见他，他感到十分生气。事后他满腹怨言地说：“我很严肃认真地穿着正式礼服，准时到达。但他不仅穿着睡衣，脚上还拖着一双十分邋遢的拖鞋，还有，从他穿的衣服上都可以看出他那种不爱整洁、随随便便、不讲礼貌的样子。很明显这一切都是故意的。这不只是侮辱了我个人，而且也侮辱了我所代表的英国国王。”

英国公使的话是否有道理呢？

其实，杰斐逊并不是故意怠慢英国公使的，他这样做就是要取消烦琐的礼节和完全没有必要的规矩，避免浪费，提高工作效率。杰斐逊提倡一切都要“简化”，他在总统的就职典礼结束后，就取消了前呼后拥的陪同，而是一个人步行回宿舍。当然，衣冠不整地接待外国使节是有点过分，但他平易近人、不拘小节的作风还是很受赞赏的。这里还有一件很有意思的事。

怠慢(dàimàn)：冷淡。

有一次，杰斐逊穿一身很旧而且很随便的衣服，独自骑马来到巴尔的摩市的一家旅馆。那时，他是合众国的副总统。他走进旅馆，要求住宿。店主看他像是没有钱的样子，歪着脑袋，不爱搭理地说："对不起，先生，这里没有你可以住宿的房间。"杰斐逊被他当做穷鬼了。

杰斐逊好像没有听明白他的话，又问了一遍。得到的是同样的答复，他什么话也没说，转身走出店门，骑上马扬鞭走了。

不久，一个穿着整洁、绅士模样的人来到旅店。他对店主说："你知道刚才你轰走的人是谁？他就是合众国大名鼎鼎的副总统托马斯·杰斐逊。"

绅士(shēnshì)：行为、举止比较高雅的人。

"什么？"店主不敢相信自己的耳朵，脸都吓白了。

"一点儿不假。他是当今我国最伟大的人。"

"真是罪过呀。你看，你看，我都干了些什么傻事呀？"店主的眼泪几乎都快出来了。他马上叫几个店员去追寻杰斐逊，说不管怎么样都要把他请回来。并叮嘱他们说："你们告诉杰斐逊先生，我们将给他提供最好的房间和饭菜。"

叮嘱(dīngzhǔ)：再三嘱咐。

店员们终于在城里的另一家旅馆找到了杰斐逊，把主人的意思转达给他。

"回去给你们店主说，我已经在这里找到一个房间了，"杰斐逊说，"我不能接受他的盛情。告诉他，他如果不能接待一个邋遢的农民的话，那他也应该不能接待副总统了。"

『达尔文的看家狗』

什么是科学？它不应该是用权力、地位来衡量，应该是事实真相的反映。赫胥黎做到了这一点，他用事实证明了人猿同祖的科学理论。

显示了人们对这场辩论的关注。

1860年6月30日，英国牛津大学的演讲厅里人满为患，十分热闹，听众席和主席台上坐满了人，不仅有白发的老教授，还有穿着十分讲究的贵妇人，中间还有很多穿着红袍子或黑袍子的主教或教士，连走道上也挤满了人。牛津大学还从来没有过如此热闹的场面，这里究竟要干吗啊？原来这里马上就要进行一场大辩论，是关于人类起源的。然而，为什么这场辩论会吸引如此多的人前来参加呢？这还要从18世纪中叶说起。

在那个时期，一些先进的科学家就开始挑战上帝创造人的传统说法，他们宣称人类是由猿进化而来，而不是由上帝创造的。可想而知，这种观点肯定会被教会猛烈攻击。1859年，英国博物学家达尔文发表了他的代表作《物种起源》一书，明确提出：人类是由古猿进化而来的。从此，科学同愚昧开始了一场旷日持久的斗争。在这场斗争中，有个十分激进的进化论者叫赫胥黎，他是一个博物学家，在经过对动物、生物和人类进行的长期研究后，宣称人、猿同祖。所以他是众多达尔文的积极支持者之一。

愚昧(yúmèi)：缺乏知识；愚蠢而不明事理。

激进(jījìn)：急进。

我们再回到牛津大学的演讲厅里来。此刻，演讲厅里已经是人声鼎沸。

“尊敬的女士们，先生们，请大家安静！安静！现在我宣布辩论会正式开始！”今天由牛津主教威尔伯福斯先生主持会议。

他摇着铃，站在讲台上大声叫着。突然他看到赫胥黎正昂首挺胸地向会场走来，暗自咬牙切齿地说了声：“这只咬人的狗又来了。”

反衬出赫胥黎的影响之大。

人们都对赫胥黎的大名非常熟悉，纷纷给他让路。赫胥黎直接走到主席台上，在威尔伯福斯旁边坐下，他面无表情地接着主教的话说：“是啊！最害怕嗅觉灵敏的猎犬的当然是盗贼！”

对待敌人的反击一定要击中要害。

威尔伯福斯气得浑身发抖。他决定第一个发言，争取把主动权控制在自己手里。他稍微调了一下心神说：“诸位，自古以来，我们的祖先，就从教堂里得知。而《圣经》上也写得一清二楚：上帝创造了世界、创造了人类。天地万物是上帝先花了五天的时间创造的，第六天，上帝又根据自己的模样创造了人。第一个被上帝创造的人名叫亚当，他是用地上的尘土做成亚当的。上帝把尘土捏在一起，做成人的模样，再往他的鼻孔里吹口气，于是亚当就获得了灵魂，成了男人。上帝在亚当睡着的时候，从他身上取下一根肋骨，创造出一个名叫夏娃的女人，他们是我们的祖先，我们都是亚当和夏娃的子孙。”

威尔伯福斯没有停顿地讲到这里，感到有些累。这些话他在教堂布道时说过无数遍，实在没有意思。他自己也觉得是让人厌恶，但这却是“真理”啊，这位主教对这一点坚信无比。他停顿了一下，用眼角瞟了瞟旁边的赫胥黎。只听会场上有许多人附和着：“对！主教大人，您说得对！我们都是亚当和夏娃的后代！”

附和（fùhè）：（言语、行动）追随别人。

威尔伯福斯喘了口气，接着说：“可是，现在却有人认为我们人类的祖先是猿，是猴子，简直是胡说八道！”

会场上立刻就像炸了锅似的，那些仍然认为上帝创造人的先生、女士们大声喊叫着，咒骂着，他们好像受到了无法忍受的污辱。“什么？我们都是猴子变来的？我们的祖先是那肮脏、可笑的动物？真是天方夜谭！认为这样的人不是疯子就是恶魔。”这时，一位漂亮的太太实在忍无可忍，就冲上讲台，指着自己的鼻尖说：“难道猴子能变出像我这样漂亮的女人？”

“是啊！是啊！把那个说猴子是我们的祖先的家伙揪出来。”

赫胥黎冷静地观察着大家，他心中清清楚楚，说这些话的人都是因为受了宗教的蒙蔽。他今天来，就是想利用这个难得的机会，来宣传进化论、普及进化论，让世人都认识到进化论的科学性。他相信真理最终会战胜谬误。可这会儿眼看着会场上人们愤怒的样子，再静坐下去是不可能了。正在这时，威尔伯福斯冷笑着对赫胥黎说起话来："赫胥黎先生，我想请教您一下，按照您的关于人类是从猴子变来的观点，那么，您是从猴祖父那儿生出来的，还是从猴祖母那儿生出来的？"

蒙蔽（méngbì）：隐瞒真相，使人上当。

话音刚落，坐在会场前面呐喊助威的教士和教徒们就纷纷叫好，那些来凑热闹的太太、小姐们也疯了一样地挥动着手帕，大声助威。威尔伯福斯十分得意，昂着头，以一副胜利者的姿态坐了下来，等待着赫胥黎出丑。

这时，赫胥黎站起来，环视了一下会场，会场顿时变得静悄悄的。大家心态各异地等待着他的回答。坚定的光芒从赫胥黎明亮深沉的眼睛里射了出来。只见他从容自如地走到台前，用庄严的声音对大家说道："女士们，先生们，你们可以把我当成达尔文的看家狗。诸位都对进化论有所耳闻，我相信你们也都对达尔文先生的《物种起源》一书十分了解，他在书中对人是由猿进化而来的观点进行了严谨、科学的论证。至于主教大人刚才所宣扬的那套上帝造人的谎言，它的根据又是什么呢？《圣经》难道不也是人编出来的吗？我们为什么宁可被谎言欺骗而不选择相信真理呢？"

从容自如：不慌不忙；镇静；沉着。

会场上又是议论声一片，刚才激动愤恨的那些先生、太太们都无话可说，听着旁边别人的赞同声，满脸通红。这时赫胥黎用更加坚定的声音说：

"朋友们，我再说一遍：人类不应该因为他的祖先是猴子而不能接受。而这正好证明人类是自然的主宰，因为人是在自然界残酷的竞争中得以生存、演变过来的最智慧的生物。人类，而不是上帝，才是世界的主人，我们难道要与真理越走越远吗？那才是人类真正的耻辱。只有那些无所事事、不学无术而又只能靠着

让事实说话才能站得住脚。

上帝才能生存的人，才会以祖先的野蛮而感到羞耻。”

话音刚落，场下就是掌声一片。赫胥黎有理有据的答辩赢得了大多数听众的支持和阵阵喝彩。威尔伯福斯脸上挂不住，十分难堪。他匆匆走下了讲台，带着几个教士黯然退场。

黯然（ànrán）：心里不舒服，情绪低落的样子。

进化论者终于获得了胜利，从此，达尔文的进化论得以普及，渐渐地深入人心，成为人人皆知的真理。这可离不开“达尔文的看家狗”赫胥黎啊！

“罐头鹅肉”行动

法西斯的罪行是世人共知的，他们发动了第二次世界大战，对世界人民的生产、生活以至文化造成了难以弥补的损失，而他们的“师出无名”更是遭人痛恨。

德军入侵波兰是第二次世界大战全面爆发的标志。德国法西斯为了替自己侵犯别的国家找个理由，确实大动脑筋。他们千方百计地制造了一个小小的阴谋，使自己的军队能师出有名。

在德国和波兰的边境附近坐落着一个军用电台，叫格莱维茨电台，它孤单单地坐落在那里。这地方像地狱一样宁静，只有偶尔从附近草丛中传来的小虫的鸣叫才让人感到这儿有生命存在。

地狱：某些宗教指人死后灵魂受苦的地方。

1939 年 8 月 31 日夜，一阵枪声划破夜空的寂静，“哒”！“哒”！“哒”！……“呼”！呼”！……不久，德国人收到了“波兰人”的广播声音，语调“激昂，内容全部是攻击德国、辱骂希特勒的，不明所以的德国法西斯分子听了一个个都被气坏了。

激昂（jī'áng）：（情绪、语调等）激动昂扬。

广播声音消失以后，平静又笼罩着格莱维茨电台四周，但电台门口和院内却多出十多具士兵的尸体，其中有几具穿的是波兰军服，剩下的穿着德国军服。这难道是波兰军队“偷袭”了德国电台？一群德国法西斯军官和“新闻记者”很快出现在现场，观察拍照，忙了好一会儿，搜集了波兰偷袭德国的“铁证”。他们脸上还不时带着几丝得意的狞笑。

狞笑：凶恶地笑。

第二天凌晨，凭着这个“罪证”，德军以一百五十万大军侵略波兰，这一天上午，法西斯德国元首希特勒还一本正经地发表了演说，他凶狠狠地叫嚷：“……昨天夜间，波兰军队向我国进行第一次侵略。德国军队已于早晨开始进行还击，从现在开始，我们将以牙还牙。”第二次世界大战就此爆发。

五年后，一直到法西斯德国战败，这个阴谋才得以被揭露。1945 年 11 月 20 日，在纽伦堡国际军事法庭上，有个叫瑙约克斯的法西斯特务供认了一桩让人怒火中烧的所谓“罐头鹅肉”行动，事情的真相这才被大家知晓。

1939 年 8 月，法西斯特务头子希姆莱奉令，事先指示特务机构弄来几套波兰军服，同时又从监狱里挑出十几名死囚，称他们为“罐头鹅肉”。

决定“进攻”格莱维茨电台的那天晚上，在特务机构的安排下，一些德国士兵穿上波兰军装，装扮成波兰士兵，而十多名死囚犯则有的装扮波兰士兵，有的装扮德军士兵，并事先都被麻醉。行动开始后，这些死囚犯自然就全被枪杀了。当然，身穿波兰人服装的“罐头鹅肉”是在“偷袭”电台时被德军“还击”打死的，而装扮成德军士兵的“罐头鹅肉”是在波军“偷袭”电台时英勇“牺牲”的。这些尸体被放在电台的门口和院子内，然后德国人冒充波兰人的口气广播了几句攻击德国的话，以激发德国法西斯分子对波兰的仇恨，同时也证明波兰人确实偷袭过电台。

麻醉：用药物或注射使人失去知觉。

这场闹剧表演得惟妙惟肖，所有的人都被骗了。负责执行的就是那个叫瑙约克斯的家伙。他的供词成为法西斯的又一桩罪恶实录。

惟妙惟肖（wéi miàowéixiào）：形容描写或模仿得非常好，非常逼真。

偷袭珍珠港

二战是人类历史上的一次浩劫，各国纷纷参战。美国在遭到袭击后加入了反法西斯阵营，但这是以人民的牺牲为代价的。

第二次世界大战前期，美国一直保持中立政策，想置身于战争之外，那么，为什么美国最终卷入了这场反法西斯的战争呢？1941 年，日本侵略者疯狂展开全面侵华的战争，战争扩大到菲律宾、印度尼西亚等亚洲和太平洋的许多国家。从而与力图在这些国家和地区发展势力的美国发生了矛盾。日本决定给美国一个措手不及，彻底击败美国。

措手不及：临时来不及应付。

1941 年 1 月 7 日，日本帝国联合舰队司令长官山本五十六，在 4 万吨级的“长门”号战舰上踌躇满志，他正在给海军大臣及川起草一份备战计划。他提出“如敌主力舰队的大部分在珍珠港内停泊，则用飞机编队将其彻底击沉并封闭该港”，他认为“要有决战就在开战之初的思想准备”。“山本上书”赫然拉开了震惊世界的珍珠港事件的序幕。

踌躇(chóuchú)满志：对自己的现状或所取得的成就非常满意。

3 月，日本海军部为了偷窃美国舰队活动情况的情报，命令少尉吉川化名森村，以日本驻夏威夷总领事馆工作人员的名义到檀香山专门负责间谍活动，吉川的情报对日军袭击珍珠港起了很大作用。

间谍(jiàndié)：被敌方或外国派遣、收买，从事刺探军事情报、国家机密或进行颠覆活动的人。

11 月 26 日集结在日本单冠湾的战舰全部按时到达，一并归南云将军指挥。南云舰队以“赤城”号等 6 艘航空母舰（载 400 余架飞机）为主，由 2 艘战列舰、2 艘重巡洋舰、1 艘轻巡洋舰和 11 艘驱逐舰、3 艘潜艇、8 艘油船组成。清晨 6 时 30 分，这支无比庞大的攻击舰队，拔锚起航，舰队组成环形队形，杀向远在 3500 余海里外的珍珠港。

拔锚(bámáo)：起锚。

12 月 1 日下午 4 时，天皇下令开战。2 日下午 5 时 30 分，山本向杀向珍珠港的南云舰队发出了“攀登新高山 1208”的隐语电报，意思就是“按原计划于 12 月 8 日展开攻击。”6 日，南云又收到山本发来的训示电报：“皇国兴废，在此一战，我军将士务必全力奋战。”为了给士兵打气，“赤城”号战舰的桅顶飘起了日本海军历史上少有的“乙”字旗。

经过 12 天的秘密航行，12 月 8 日，庞大的日本舰队停泊在夏威夷群岛的美国太平洋舰队基地附近，位置大概是瓦胡岛以北 230 海里的海域。

8 日凌晨东京时间 1 时 45 分，航空母舰上涂着血红的太阳旗标志的飞机准备起飞，随着“起飞”的命令的下达，183 架日机立即腾空而起，在黎明前的海空中迅速编好队形，组成第一攻击波，扑向珍珠港。

在日军一切都准备就绪的时候，珍珠港还是和往常一样安详。96 艘大小美国军舰一动不动地在港口里躺着休息，飞机也整齐地排列在机场上进行休养。这一天正是星期日，度过了愉快的周末的士兵正在酣睡，昨夜寻欢作乐的军官还没有起床。一日之晨来临的时候，教堂的钟声响起，电台播放的清晨音乐悠扬荡漾，一切都那么安静。在战列舰“内华达号”的后甲板上，麦克米伦指挥的国乐队已经排列好队形，准备演奏国歌举行升旗仪式……

安详：从容不迫；稳重。

酣睡(hānshuì)：熟睡。

7 时 50 分，空中指挥官渊田中佑发出攻击令。7 时 55 分，高桥海宫少佐率领 51 架“九九”式俯冲轰炸机群兵分两路到达美军机场上空，顷刻之间，炸弹如倾盆大雨般撒向珍珠港，希凯姆机场、福特岛机场、惠列尔机场顿时大火熊熊，黑烟腾空，很快，机场的飞机和一切空防设施全部被炸得干干净净。可是，舰艇上的美国士兵还愚蠢地认为这是一次特殊的军事演习呢。麦克米伦的军乐队就在这爆炸声中，奏起了美国国歌。此时，他们也该清醒了——由村田海军少佐率领的40架“九七式”鱼雷机编队对美国战列舰展开了凶猛的鱼雷攻击，美国军舰接二连三地重创起火。

日本舰队的攻击命令一个接一个地下达，日军对珍珠港疯狂轰炸。珍珠港水柱突起，火团升腾，浓烟蔽日，被炸成了一片火海。直到8时，美国太平洋舰队作战参谋才接到日机空袭珍珠港的报告，紧急向舰队司令金梅作了电话报告。舰队司令部才把十万火急的电报匆匆发出：“珍珠港遭到空袭而不是演习!”瓦胡岛上，仅剩的32个美军高射炮连，对空开火，进入战斗，但是杯水车薪大势已去。

杯水车薪(xīn)：用一杯水去救一车着了火的柴。比喻无济于事。

在日本第一攻击波结束后，华盛顿的两名日本“和平使者”——野村和来栖才走进了美国国务院的大楼。一本正经地向美国国务卿赫尔递交了日本政府的“最后通牒。”日本政府一直扮演的和平戏，终于在历史性的大空袭中结束了。

通牒(dié)：一个国家通知另一个国家并要求对方答复的文书。

8时55分，由岛崎海军少佐率领的171架飞机组成的第二攻击波又开始了，灾难再次降临到美军的头上。

战列舰“亚利桑那”号（排水量3.4万吨）中弹后还把舰首弹药舱引爆了，黑红色烟云翻滚升腾，烟柱高达1000米。舰身在水面仅停留了几分钟，就带着1100名舰员沉入了海底，其他船同样血肉横飞，惨不忍睹。

日本这次偷袭，击沉击伤美军太平洋舰队舰艇一共约40余艘，毁伤美机450架，18座机库被毁坏。美军方面死2409人，伤1178人。太平洋舰队主力几乎全军覆没。而日本方面付出的代价仅是飞机 29 架，飞行员 55 人，特种潜艇 5 艘。

珍珠港事件，使第二次世界大战的范围进一步扩大，开辟了历时 3 年零 9 个月的太平洋战争。珍珠港事件，使美国不得不放弃原来的立场，立即对日宣战，参加到世界反法西斯战争的阵营中来。

斯大林格勒保卫战

苏联的参战加速了“二战”的结束进程，为打击法西斯做出了巨大的贡献，但这一过程确实是艰苦异常的。

斯大林格勒，现在叫做伏尔加格勒，既是苏联南方重要的工业中心，又是交通枢纽，位于苏联南部伏尔加河西岸，在政治、军事、经济方面都有十分重要的战略地位。第二次大战中，希特勒妄图一举占领斯大林格勒，以便占领巴库的油田、顿巴斯的煤炭、库班的小麦，切断南方对莫斯科粮食和燃料的供应的线路。然后以此为据点可以北伐莫斯科，南出波斯进而侵犯西伯利亚。

枢纽(shūniǔ)：事物相互联系的中心环节。

苏德双方在这里共投入200万以上的兵力，进行了一场持续160天的惊心动魄的大血战。

惊心动魄(pò)：形容人感受很深，震动很大。

1942年7月17日，德军在顿河河岸发动攻击，伟大的斯大林格勒保卫战开始了。

德军以鲍卢斯将军率领的第6军团和霍特将军的第4坦克集团军为先锋，凭借优势的兵力和精良的武器装备迅速突破苏军的防线。8月23日，顿河630公里长的防线和顿河与伏尔加河之间工程浩大的防御工事也被德军突破。9月13日，德军顺利兵临城下，开始了斯大林格勒的争夺。斯大林格勒能否守住，全世界人民为之捏了一把汗。

德军在进攻市区之前，又从高加索等地调来9个师、1个旅的援军集中力量强攻。每天派出成千架次飞机疯狂轰炸，数以万计的居民惨遭杀害，工厂、学校、医院、文物古迹均遭严重炸毁。希特勒歇斯底里地狂叫：要让斯大林格勒从地图上永远消失！

歇斯底里(xiē sīdǐlǐ)：形容情绪异常激动，举止失常。

然而苏联军民却没有退缩，他们和敌人展开了英勇的战斗。苏联最高统帅斯大林沉着稳健地领导着这次战役，他对这座以自己名字命名的城市的军民发出了“决不后退一步”的号召。斯大林格勒城防委员会要求市民做到“一切能使用武器的人，都起来和敌人决一死战，保卫故乡城市，保卫自己的家园！”斯大林格勒市民万众一心，同仇敌忾，视死如归，短短几天内就有 7.5 万居民投入战斗，英雄的、伟大的斯大林格勒军民，决心献出自己的生命和鲜血来保卫每一寸土地，纷纷立下“为祖国而战，决不后退一步”的誓言。他们在每一条街道，每一幢房屋，都和敌人进行了殊死的搏斗。坦克手雅弗昆等 3 人，单车冲进敌人的坦克群，前后共击毁敌人 7 辆坦克，在自己的坦克中弹起火的危急时刻，他们拒绝逃命，继续开车冲向敌人阵地，杀伤了大批敌人，最后全部英勇阵亡。近卫军中士巴甫洛夫率领一个战斗小组，奇迹般地死守“一月九日”广场上的一座大楼达 2 个月之久。在敌机的轰炸、坦克的袭击、步兵的射击下，他们没有退缩，楼虽然倒了，但阵地还在他们手里，他们为第 13 近卫军的防御作战做出了伟大贡献，战后重建的这座大楼，人们把它叫做巴甫洛夫大楼，以纪念这些英雄们。守卫一个高地的 11 名少数民族战士，阻击了 300 多名敌人的进攻，最后全部壮烈牺牲。后来这个高地被命名为东方民族十一英雄高地。斯大林格勒的居民没日没夜地构筑工事和救护伤员。在 200 天的时间里，铁路工人就向苏军运送了 30 万节车皮的军用物资，充分保证了苏军的战斗给养。

稳健：稳重。

同仇敌忾(tóng chóudíkài)：全体一致地仇恨敌人。

人民的支持是战争胜利的强大后盾。

在近两个月的激战中，苏军击退德军 700 多次冲锋，使德军攻战全城的目标无法实现。

战争进行到11月中旬，天气逐渐变冷。狂妄的希特勒以为他的闪电战一向速战速决，攻下斯大林格勒不会太久，绝没想到拖到了冬季。形势对德国人更不利了，德军进退两难。而苏军却赢得了时间，作好了反攻准备。苏军积极的防御战术，使大批军队避免伤亡，德军受到重创，伤亡惨重。进入冬季后，苏军在兵力和武器装备上都要比敌人好。在这种有利的形势下，苏联最高统帅部决定进行大反攻。

瓮中捉鳖(wèng zhōngzhuōbiē)：比喻要捕捉的对象无处逃遁，下手即可捉到，很有把握。

1942年11月19日拂晓，苏联2000门大炮同时齐鸣，以坦克为前导，兵分两路：一路攻击德军的后方，一路南下攻击德军集聚点卡拉奇，两路人马构成铁钳攻势。23日傍晚，德军主力鲍卢斯率领的第6集团军被会师于卡拉奇的苏军包围在斯大林格勒城下，形成瓮中捉鳖之势。希特勒命令冯·曼施泰之师去增援，也被埋伏在距斯大林格勒40公里的梅什科瓦河畔的苏军伏击，两军无法会师。

擢升(zhuó shēng)：提升。

弹尽粮绝，鲍卢斯请求希特勒允许投降，没有得到同意。希特勒为了鼓舞士气，于1月30日下令晋升鲍卢斯元帅军衔，给第6军团117名军官每人擢升一级，还给士兵送去28万个铁十字架。但为时已晚，他封官许愿的一系列措施，已经无法挽回德军的败局。

到1943年2月2日，被围困的德军33万被歼灭，包括鲍卢斯元帅和24名将军在内的9万人被生俘。

斯大林格勒战役给德军以致命的打击。德军在这次战役中共损失150万人，3500辆坦克，1.2万门火炮和迫击炮，3000架飞机，德国的精锐部队几乎消耗殆尽。从此，希特勒被迫由战略进攻转入防御和退却。这次战役还有着巨大的政治影响，它坚定了苏军彻底消灭法西斯的信念，提高了苏联的国际威望，世界各国人民反法西斯斗争也因此而蓬勃发展。这次战役使希特勒在法西斯集团国家中的威信直线下降。德国的仆从国开始觉察到了危机，从此它们开始为摆脱战争而自寻出路。

斯大林格勒保卫战的胜利既是苏德战争的转折点，也是世界反法西斯战争的转折点。

原子弹炸毁广岛

战争对任何一方来说都是残酷的，它对人的身心损害是难以想象的。大规模杀伤性武器的使用，加剧了它的罪恶。

惶恐（huáng kǒng）：惊慌害怕。

投掷（tóuzhì）：扔；投。

侦察（zhēnchá）：为了弄清敌情、地形以及其他有关作战的情况而进行活动。

“二战”期间，德国为了最终取得胜利，加紧研制原子弹。这让美国人惶恐不安。1939 年 8 月，著名科学家爱因斯坦给美国总统罗斯福写了一封信，建议美国要比德国更早造出第一批原子弹。总统接受了爱因斯坦的建议，随后，代号为“曼哈顿工程管理区”的大规模研制计划开始了。此项计划高度保密，就连当时的副总统杜鲁门也是在 1945 年 4 月接任总统时才知道的。

1945 年夏，美国研制出第一批三颗原子弹，分别叫“瘦子”、“胖子”和“小男孩”。7 月 16 日，第一枚“瘦子”试爆成功。杜鲁门为此大喜过望，他决定对日本投掷“小男孩”，促使它早日投降并一报珍珠港之仇。当时，美国没有战略导弹，只能靠轰炸机来投放原子弹。为了这次行动，美国陆军航空部特意秘密组织了一支轰炸机部队，番号为 509 混合大队，出任大队长的是蒂贝茨上校。

经过精心准备，轰炸大队准备行动。8 月 6 日，天气预报说，当天天气非常适宜起飞。蒂贝茨的 509 大队派出三架 B－29 型飞机，分别前往日本的广岛、小仓和长崎上空，进行最后的气象侦察。混合大队计划：如果广岛上空被云层覆盖，那轰炸机就把原子弹投到另外两个城市中气象条件较好的一个。飞到广岛的那架飞机，发现密集在日本的云海竟有个缺口，缺口下的广岛清楚得连一片片草地都能看见，好像这一切是上天专门为“小男孩”的到来而安排好的。蒂贝茨接到气象观测机的报告，兴奋不已：“真是天助我们！”

7时50分，装有“小男孩”的巨型轰炸机“超级空中堡垒”起飞，很快就要到达广岛。一位飞机驾驶员低头望了望机外，突然指着下面说：“糟糕，快看，日军的高射炮！”

“别紧张，不必担心。我们现在在近3000米的高空，日本人的高射炮还不能达到如此远的射程，所以大家放心！好了，现在做好准备，进入战斗状态，进入战斗状态！”蒂贝茨对着话筒大声说：“请大家在投弹计数前把护目镜戴上，一直要到爆炸闪光后才可以摘下来。”

8时15分17秒，到达广岛上空的轰炸机的舱门打开了。投弹时间和操作是仪器控制的，丝毫不差。“小男孩”尾部朝下从轰炸机里滑了出来，在空中翻了几个身，像个跳水的孩子，朝广岛笔直地落下去。由于飞机的重量突然减轻，机身猛地朝上弹了起来。蒂贝茨握住飞机的方向杆，拼命一扳，飞机迅速地朝右拐去，来了个几乎一百八十度的急转弯。然后向下加速俯冲，以尽可能快地脱离原子弹爆炸中心。

俯冲（fǔchōng）：（飞机）以高速和大角度向下飞。

当时的广岛的居民多达34万，正处于上班的高峰期。大街上人很多，非常热闹。大家都听见了警报声，很多人还看见了头顶上的飞机，但谁也没有放在心上，更没有人料到一场巨大的灾难即将降临到他们的头上。

这颗“小男孩”重4400公斤，在560米的高空自动引爆。爆炸时它产生了一个巨大的火球，吐出一团火焰，从烟雾中生起一根白色烟柱，急速地坠落地面，照亮了整个广岛。顿时一片狼藉，惨不忍睹。原子弹的爆炸立刻掩盖了所有的哭喊声。原子弹发出强大的热量，虽然只有几分之一秒，但它却有三十万度的高温，这种高温简直让一切东西都消失得无影无踪。

狼藉（lángjí）：乱七八糟；杂乱不堪。

就在原子弹爆炸的同时，一直在后面跟随的最后的一架飞机也打开了舱门，三只降落伞从里面滑了出来。原来，降落伞那头是美国人准备的测量仪器，是为了收集原子弹爆炸的各种数据，它能及时将测出的各种数据通过发报机发回大本营。片刻之后出现的冲击波，像魔鬼一样扑向了城中的各种建筑物，公共场所、私家住宅全被毁坏了。广岛全市7.6万座建筑物，仅仅剩下了6000多座。广岛上空的大气也被炸了个底朝天。一刻钟之后，开始下起倾盆大雨。雨水冲过的地方，除了血迹，还是血迹。

全神贯注

通过对罗丹的神态描写，写出了罗丹在全神贯注创作时那种投入的样子，也是利用了一个比喻，把罗丹研究作品时，想这样改又不行、应该那样改的内心世界写出来了。

法国大雕塑家罗丹有一次邀请他的挚友—奥地利作家斯蒂芬·茨威格到他家里做客。饭后，罗丹带着这位挚友参观了他的工作室。他们走到一座刚刚完成的塑像前，罗丹掀开搭在上面的湿布，一座仪态端庄的女像，矗立在他们面前。茨威格不禁拍手叫好，并向罗丹祝贺，祝贺大雕塑家的又一杰作诞生。可是，罗丹自己端详一阵，却皱着眉头，说：“啊！不，还有毛病……左肩偏了点儿，脸上……对不起，请等一等。”说完，他立刻拿起抹刀，修改起来。

茨威格怕打扰雕塑家工作，悄悄地站在一边。只见罗丹一会儿上前，一会儿后退，嘴里有时叽里咕噜的，好像跟谁在说悄悄话；忽然眼睛闪着异样的光，似乎在跟谁激烈地争吵。他把地板踩得吱吱响，手不停地挥动……一刻钟过去了，半小时过去了，罗丹越干越有劲，情绪更加激动了。他像喝醉了酒一样，整个世界对他来讲好像已经消失了——大约过了一个小时，罗丹才停下来，对着女像痴痴微笑，然后轻轻地吁了口气，重新把湿布披在塑像上。

茨威格见罗丹工作完了，走上前去准备同他交谈。罗丹径自走出门去，随手拉上门准备上锁。茨威格莫名其妙，赶忙叫住罗丹：“喂！亲爱的朋友，你怎么啦？我还在屋子里呢！”罗丹这才猛然想起他的客人来，他推开门，很抱歉地对茨威格说：

仪态：仪表（多就姿态说）。

矗（chù）立：高耸地立着。

叽里咕噜：形容别人听不清楚或听不懂的说话声，也形容物体流动的声音。

莫名其妙：没有人能说明他的奥妙（道理），表示事情很奇怪，使人不明白。

“哎哟！你看我，简直把你忘记了。对不起，请不要见怪。”

茨威格对这件事有很深的感触。他后来回忆说：“那一天下午，我在罗丹工作室里学到的，比我多年在学校里学到的还要多。因为从那时起，我知道人类的一切工作，如果值得去做，而且要做得好，就应该全神贯注。”